LE TRAIN

DE PARIS

O U

LES BOURGEOIS

DU TEMS.

LE TRAIN

DE PARIS,

O U

LES BOURGEOIS

D U T E M S.

COMÉDIE

en cinq Actes & en Profe,

P A R

MONSIEUR LE CHEVALIER

RUTLIDGE.

A YVERDON,

Chez la Société litt. & typ.

M. DCC. LXXVII.

A MONSIEUR

LE NOIR,

CONSEILLER D'ÉTAT

ET LIEUTENANT-GÉNÉRAL DE POLICE
DE LA VILLE DE PARIS.

MONSEIGNEUR!

JE prens la liberté de vous préfenter le TRAIN DE PARIS. J'ofe me flatter que le but moral de cette pièce lui donnera quelque prix à vos yeux. Si je voulais groffir cette dédicace de votre éloge, comme magiftrat, de celui de vos vertus aimables, comme particulier, je ne ferais que le faible écho de tout le public. Mais il eft un tribut perfonnel qu'il eft flatteur pour moi de vous rendre; c'eft celui de la reconnaiffance que je dois à vos bontés & de l'attachement inviolable dont m'ont pénétré vos fentimens d'équité dans mes affaires particulières. Permettez que je faififfe cette occafion d'unir ma voix à celle de tous ceux fur qui vous vous plaifez à répandre vos bienfaits.

Je fuis avec refpect,

Monseigneur!

Votre très humble & très-obéiffant ferviteur.

Le Chevalier RUTLIDGE.

PRÉFACE.

PRÉFACE.

J'OFFRE au public une pièce qui n'a pas joui des honneurs de la réprésentation : je présume, sans beaucoup de regret, que ce sera le fort de tout ce que je publirai dans le genre dramatique.

Peut-être aurais-je du me flatter que le succès du *Bureau d'Esprit* m'attirerait l'animadversion des comédiens français ; & que dans cette disette presque absolue de nouveautés, dans le genre proprement comique, où ils se trouvent depuis longtems, ils voudraient au moins essaier les productions d'une plume à qui leur bon ami, l'auteur *des proneurs*, lui-même accorde une étincelle & quelques lueurs de talent.

Dans cette présomption, je m'adressai avec confiance à un des histrions, c'était le Sr. Molé. Je lui écrivis deux mots, & lui proposai la lecture du *Train de Paris* : je fus très-mécontent de la lenteur que ce Comédien mit à me répondre, je le fus encore davantage du ton leste qu'il prit en me répondant : *malheureusement pour moi, le tems précieux de* cet important perſonnage *était tellement occupé, qu'il ne pouvait m'aſſigner un inſtant.* Je fis voir ma pièce au Sr. Auger, ſon camarade : j'eus lieu d'être très-ſatisfait de l'honnêteté de celui-ci ; & j'ai profité avec empreſſement de quelques obſervations très-judicieuſes, qu'il m'a faites, pour donner de la rapidité à la marche de ma pièce. Je lui rends cette juſtice avec plaiſir.

Le Sr. Auger, à qui j'avais fait voir toute ma répugnance pour les démarches, qu'un auteur ne peut plus ſe diſpenſer de faire vis-à-vis des comédiens, me promit de me les épargner : mais il y mit tant de lenteur, & moi tant d'indifférence, que trois mois après notre entrevue, nous n'étions pas plus avancés que le premier jour.

Le haſard me conduiſit à la Comédie francaiſe, d'où le jeu des acteurs m'a banni depuis fort longtems ; on donnait, ce jour-là, la première repréſentation de *l'Egoiſme.* La manière dont les acteurs rendirent cette pièce me détermina à ne jamais leur confier la mienne. Je vis, avec une indignation égale à celle que l'auteur a pu éprouver, la façon lamentable & indécente dont ſa pièce fut déchirée, les contre-ſens éternels du farceur Préville, les charges déteſtables & groſſières de Du-

gazon, la balourdise monotone du pesant Desef-
farts, le feu factice, les glapissemens insignifica-
tifs & les hoquets de Molé. Pas un ne s'était
donné la peine d'apprendre son rôle, encore bien
moins celle de l'étudier & d'entrer dans le sens
des choses. Je ne dois ni ne veux juger la pièce;
mais j'ose assurer que le Tartufe même, ce chef-
d'œuvre du genie de Molière, s'il eût été aussi
ridiculement joué, aurait également fait perir
d'ennui les spectateurs.

Je me figurai dès lors ma Comédie en proie à
la stupidité & à la négligence hautaine de ces histrions : & je résolus de la mettre au jour sans lui
faire subir cette désagréable épreuve. Je la fais
imprimer, sans m'embarasser beaucoup des pré-
ventions de quelques lecteurs contre les pièces
non représentées. Je fais vœu même de n'en jamais offrir aucune aux comédiens privilegiés. Si
le gouvernement permet l'ouverture d'un second
théâtre, je me livrerai alors avec empressement
au désir que j'ai de contribuer par mes foibles ta-
lens, à soutenir notre scène comique.

L'on m'a attribué dans le public une petite
pièce intitulée *le Foier* ou *les Comédiens*. Quelque
pitoiablement tronquée qu'elle soit dans l'édition

lamentable qu'on en] a faite, j'avoue fans façon que cette *iniquité* m'appartient ; *le Foier* a vérita- blement été dérobé de mon porte-feuille. Je ferais cependant bien fâché qu'on pût croire, qu'un ref- fentiment perfonnel m'ait dicté cette bagatelle ; elle fut compofée longtems avant l'exiftence du *Train de Paris.* J'ajouterai encore que je ne m'at- tendais nullement à voir les comédiens fe faire l'application des traits qui y font répandus. Je ne connais aucun de ces meffieurs, que le Sr. Auger. Tout ce que fais d'eux, c'eft qu'ils font médiocres fur la fcène. Quelques auteurs m'ont ajouté, qu'en comité ils étaient ingrats, avides & infolens. En partant de-là, j'ai laiffé courir ma plume ; ce ta- bleau s'eft trouvé jufte & leur a fait jetter les hauts cris : j'en fuis fâché pour eux. J'ai bien plus de regret encore que quelqu'un, beaucoup plus ha- bile & mieux inftruit, ne leur ait pas fait cette leçon à ma place.

La pièce, que je fais imprimer, a fait plaifir à mes amis. Je défire qu'elle en faffe autant au public. Je fens bien que je me fuis écarté du ton des Co- médies qu'il a vues depuis quelques années ; la mienne n'offre aucun de ces perfonnages femil- lans, qui font fi ingénieufement repetés dans les cadres uniformes de tous nos charmans auteurs.

Point d'épigrammes, point de vers finement fen-
tentieux ; comme je me connais bien moins d'efprit que n'en ont tous ces meffieurs , je me fuis
propofé la morale , & j'ai été tout rondement à mes
fins. Mes perfonnages font des bourgeois ; j'en-
treprends de combattre la manie ruineufe & ridicule qu'ont malheureufement, dans la capitale, tant
d'individus de cet ordre , de copier les vices
& les travers que fe permettent les gens de qualité. On verra que l'utilité, ce vrai but de l'art,
a été auffi le mien. L'amufement eft le moyen ;
c'eft au public à juger fi je l'ai faifi.

ACTEURS.

M. GIRARD, *riche bourgeois annobli.*

M. BERTOLIN, *négociant Hollandois.*

M. FRANCIN, *bourgeois.*

MENNEVILLE, *fils de M. Girard.*

RENAUD, *jeune homme, commis de Bertolin.*

Le VICOMTE.

Un MARQUIS.

Un CONSEILLER.

Un ABBÉ.

M. D'OFFREVILLE, *financier.*

Madame LELEU, *fille de M. Girard, mariée à un homme de robe.*

MARIANNE, *fille de M. Bertolin.*

M. RAFFLE, *usurier.*

M. RAMASSON, } *faiseurs d'affaires.*

M. SERREMAILLE, }

Le Baron DE TRICHEMBACK.

La FLEUR, *valet de Menneville.*

ROSETTE, *suivante de Madame Leleu.*

CHAMPAGNE, *cocher de Menneville.*

CLAUDIN, *domestique de M. Girard.*

Des LAQUAIS.

La Scène est à Paris chez Mr. Girard.

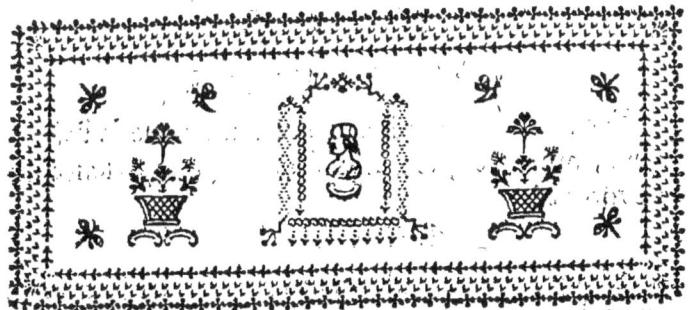

ACTE PREMIER.

SCÈNE PREMIERE.

MENNEVILLE, LA FLEUR.

MENNEVILLE, (*à demi deshabillé, fortant de fa chambre.*)

EH bien, mons la Fleur, où en fommes nous ?

LA FLEUR, (*fur un fauteuil, à moitié endormi.*

Ma foi, Monfieur, j'en étais à mon premier fomme.

MENNEVILLE.

A ton premier fomme, Coquin, à l'heure qu'il eft !

LA FLEUR.

A l'heure qu'il eft ! Il n'y a pas quinze minutes que nous fommes rentrés, & je n'ai pas eu le tems de fermer l'œil.

MENNEVILLE.

Fermer l'œil, malheureux! tandis que je l'ai ouvert, moi, & que l'inquiétude & l'impatience me dévorent!

LA FLEUR.

L'inquiétude! paſſe, mais l'impatience! & pourquoi donc, s'il vous plaît?

MENNEVILLE.

Ton infernal monſieur Raffle, cent fois plus lent encore qu'il n'eſt cher, fait plus attendre ſes ſervices qu'il ne les fait payer.

LA FLEUR.

Mais ſongez donc, Monſieur, qu'il ne fait pas encore jour. Je ne connais pas monſieur Raffle, mais foi de La Fleur, monſieur Gifflart eſt un homme vrai: d'après ſon recit, le Seigneur Raffle eſt un mortel que le chant du cocq n'a jamais trouvé endormi, quand il s'agit de gagner de l'argent. Son habitude eſt de ſe coucher avec les poules pour économiſer ſur le luminaire, & de ſe lever avant l'aurore pour ne point uſer ſes draps.

MENNEVILLE, (reveur.)

Tu crois donc qu'il m'apportera cet argent?

LA FLEUR.

Oh très-ſurement, Monſieur.

MENNEVILLE.

Il ſerait honteux pour moi d'en manquer dans une circonſtance, comme celle où je me trouve.

LA FLEUR.

Il eſt trop bon juif pour manquer lui-même une auſſi bonne occaſion.

MENNEVILLE.

Il tarde pourtant bien.

LA FLEUR.

Mon cher maître, vous mefurés le tems à votre impatience. On ne place pas fon argent auffi promptement que vous vous défaites du vôtre. Le mal vient vîte & s'en va lentement ; le bien, c'eft-à-dire l'argent, vient au contraire lentement, & s'en va très-vîte.

MENNEVILLE.

Ce pendart m'affomme avec fes moralités.

LA FLEUR.

Moralités !

MENNEVILLE, (*avec colère.*)

Trouve moi de l'argent, maraut, & tais toi ! Viens m'avertir, quand ce maître arabe paraîtra.

LA FLEUR.

Fort bien, Monfieur.

SCÈNE II.

LA FLEUR, (*feul.*)

IL faut pourtant convenir que je fers là un fort joli garçon ! Comment ! Mais vraiment qui pourait fous fon titre de Marquis, fous fes belles manières & fes tons à la mode, s'apperçevoir de fa roture ? Semillant, vif, étourdi, libertin, en-

detté comme un jeune Seigneur, que lui manque-
t-il pour figurer avec les plus qualifiés ? Fort bien,
mon cher patron. Voilà ce qui s'appelle se décraf-
fer. C'est sortir de la bourgeoisie, & s'introduire
dans la noblesse par la grande porte. Le pauvre
enfant ! La nuit passée lui a couté gros .... il se re-
tire assommé de fatigue & leger d'espèces .... allons, allons, pères opulens ; il faut bien que Mes-
sieurs vos fils fassent des sottises, ou notre tour,
à nous autres pauvres diables, n'arriverait jamais.
Pendant qu'il prendra un peu de repos, tâchons
de ronfler un peu dans ce cabinet. Si monsieur
Isaac Raffle arrive, on m'appellera ; le vieux portier a le mot du guet. (*Il sort.*)

SCÈNE III.

M. BERTOLIN, RENAUD.

M. BERTOLIN.

N'As-tu pas entendu quelqu'un, Renaud ?

RENAUD.

Oh ! Monsieur, vous pouvez compter que tout
le monde dort encore dans cette maison.

M. BERTOLIN.

Eh bien, Renaud !

RENAUD.

Eh bien, Monsieur Bertolin !

M. BERTOLIN.

Dis-moi, mon ami, que penfes-tu de nos hôtes ?

RENAUD.

Tout cela, Monfieur, n'a point lieu de me furprendre ; je connaiffais le train de la Ville pour y être venu fouvent faire vos affaires. Je vous l'ai décrit bien fouvent dans nos entretiens.

M. BERTOLIN.

Je te foupçonnais, ma foi, de furcharger le tableau !

RENAUD.

Ah Monfieur, vous êtes à peine arrivé, vous en verrez bien d'autres !

M. BERTOLIN.

Bien d'autres ! mais, mon ami, feu mon père était de Paris ; & quoique tranfplanté en Hollande, il nous a fait le cœur français. Peut-il y avoir fi loin du cœur aux manières d'une nation ? Car il n'y a pas le fens commun à tout ce que je vois ici. D'ailleurs, il nous a bien tranfmis quelque chofe des mœurs qu'il en avait apportées.

RENAUD.

Les mœurs d'alors, & les mœurs d'à préfent ne fe reffemblent guères. Elles avaient peut-être moins changé depuis Charlemagne jufqu'à l'époque où feu M. Bertolin fut s'établir en Hollande, que depuis cette époque jufqu'à ce jour.

M. BERTOLIN.

Je n'en puis pas revenir. Hier au foir, j'arrive

par le coche. Comme il n'y a qu'un pas du bureau à ce logis, j'y viens escorté de mon bagage, j'entre; la valetaille, qui me regarde par-dessus l'épaule, me rit presqu'au nez.

RENAUD.

Tout homme, qui arrive ici par le coche, y jette un triste cotton.

M. BERTOLIN.

Ma foi le coche est une voiture très-bonne & très-sûre; & d'ailleurs fort économique.

RENAUD.

Economique ! .... Vertu Hollandaise, Monsieur, & qu'un bourgeois ne connait plus à Paris.

M. BERTOLIN.

Eh bien soit, je puis avoir violé l'étiquette; mais n'aurais-je pas dû m'attendre, qu'après m'avoir reconnu, la famille de M. Girard se serait un peu empressée autour de moi, & qu'à l'arrivée d'un ancien ami.....

RENAUD.

Ah! Monsieur, leur tems est passé; un ancien ami est un être si rare aujourd'hui, qu'on a oublié le cérémonial de sa bien-venue.

M. BERTOLIN.

Mais au moins un parent !

RENAUD.

Triste qualité dans ce siècle ! on s'est débarrassé de cette chaine.

M. BERTOLIN.

M. BERTOLIN.

D'un beau-père?

RENAUD.

Titre infignificatif, fi ce n'eft en deux occafions; le jour ou la dot fe compte, & celui où la fuccef-fion fe recueille.

M. BERTOLIN.

Mais voilà de fort vilains ufages! La fimple politeffe aurait du moins exigé......

RENAUD.

La fimple politeffe! Ah! C'était encore bon pour autrefois; elle exigeait bien alors tout ce que vous voulez dire; mais celle d'aujourd'hui exige tout le contraire.

M. BERTOLIN.

Comment! la politeffe d'aujourd'hui exigerait qu'à l'arrivée d'un hôte ... d'un hôte quelconque enfin, chacun tirant de fon côté, faffe un défert de la maifon où il eft attendu!

RENAUD.

Oui, Monfieur.

M. BERTOLIN.

Ah! celui-là eft bon. Une bégueule qui eft la fille de celui qui me reçoit, & dont le frère prétend devenir mon gendre, me recevra avec un vifage à la glace, fe donnant des airs fur une chaife à bras; après y avoir bâillé pendant une heure, fans feulement m'avoir lâché trois mots, elle fe relevera pour demander d'un ton précieux, (*imitant le ton de voix d'une femme*) a-t-on mis mes chevaux?

B

Et puis partant leftement, fous prétexte d'une grande affaire, je l'aurai entendu de mes oreilles dire
fous les fenêtres à fon cocher à mouftache : aux
Italiens : & tu voudrais que je digère cela ?

RENAUD.

Oui, Monfieur.

M. BERTOLIN.

Tu me ferais donner au diable ! Et puis ce grand
efflanqué de gendre du logis, à perruque traînante,
à l'air recueilli, qui ne parle que par monofillabes
& femble marcher par refforts ! à fon air de digni-
té & à la gravité avec laquelle il a laiffé ouvrir
les deux battans pour entrer, j'ai cru qu'il allait
nous donner audience ; enfuite il m'a fententieu-
fement baragouiné de la doctrine, puis boire de
l'eau avec moi qui m'enyvrais à fa fanté pour
le mettre en train ! Cependant mon robin hauffait
les épaules à chaque rafade que je buvais, au lieu
de me faire raifon. Et c'eft-là de la politeffe ?

RENAUD.

Oui, Monfieur.

M. BERTOLIN.

Voici bien le meilleur ! un étourdi que mon
amitié pour fon père, me fait qualifier d'avance
de gendre, & à qui j'amène ma fille, avec une
tonne d'or pour dot, ne fe trouve pas feulement
au logis le jour où j'arrive, & il eft allé.....
voyez la belle affaire...... faire un petit fouper !
un petit fouper ! morbleu ! Et vous appellez cela
de la politeffe ?

RENAUD.

Oui, Monſieur.

M BERTOLIN.

J'enrage de vous entendre parler ainſi !

RENAUD.

Oui, Monſieur, oui, de la politeſſe, & de la mieux entendue.

M. BERTOLIN.

Comment ventre bleu !

RENAUD.

Un moment, Monſieur, s'il vous plaît, un moment : examinons les choſes.

M. BERTOLIN.

Que j'examine. Je verrai que le couſin Girard eſt une poule mouillée, & non pas un père de famille. Quoi ! avoir ſué, travaillé, tracaſſé toute ſa vie pour fournir aux extravagances & aux tons ſupérieurs de deux enfans ſans cervelle ?

RENAUD.

Vous arrivez de Hollande, Monſieur, vous arrivez de Hollande : à Paris les enfans d'un homme, qui a fait fortune, ne ſauraient avoir trop d'ambition.

M. BERTOLIN.

De l'ambition ! des bourgeois !

RENAUD.

Des bourgeois ! Corrigez, s'il vous plaît, vos façons de parler ; monſieur Girard eſt annobli.

M. BERTOLIN.

Tant pis, morbleu, tant pis, c'eſt une ſottiſe qu'il a faite.

RENAUD.

Et Monſieur ſon fils qui par conſéquent eſt noble, eſt.....

M. BERTOLIN.

Un impertinent, morbleu !

RENAUD.

Toutes les manières de ce jeune homme annoncent un Seigneur ; la politeſſe.....

M. BERTOLIN.

Encore une fois, ta maudite politeſſe !

RENAUD.

Eh ſans contredit ! cette aimable aiſance qui nous empêche de nous gêner pour les autres, pour qu'à leur tour ils ne ſe contraignent point avec nous, cette.....

M. BERTOLIN.

Cette groſſiéreté !

RENAUD.

Comment ! le jour où le beau-père débarque, s'en aller à ſes affaires ou à ſes plaiſirs, comme ſi rien n'était, le tout pour le laiſſer maître de la maiſon; ſe tenir à l'écart pour ne point l'incommoder : il y a à cela une aiſance, un raffinement ! oh ! Monſieur, on a banni les façons du commerce de la vie.

M. BERTOLIN.

Je m'en apperçois.

RENAUD.

Chacun a fa tâche, il faut qu'il la rempliſſe à fon aiſe. Il devrait même vous laiſſer tout le loiſir de conſommer les arrangemens, & ne ſe préſenter que pour ſigner le contrat.

M. BERTOLIN.

Je t'entends, Renaud ; ne vas tu pas me dire encore que, crainte de gêner ſa femme, il ne devrait ..... ventrebleu, tu me ferois lâcher quelque ſottiſe.

RENAUD.

Préciſément.

M. BERTOLIN.

Si je ne formais point, en dépit de ce début, de plus heureux préſages que toi ; j'aurais bientôt pris mon parti. Mais les Girards ſont de bonne race, leur mère était une Bertolin, & j'eſpère que la folie, qui me paraît avoir fait ici bien du ravage, ne les a pas tout-à-fait gagnés.... mais j'entends quelqu'un.

SCÈNE IV.

Les mêmes, LA FLEUR.

M. BERTOLIN, (*voyant entrer La Fleur avec une livrée très-riche.*)

Oh! oh! pour un valet de Paris, voici un homme qui se leve de bon matin !

RENAUD.

Ou peut-être, qui se couche très tard.

LA FLEUR, (*qui, pendant cette Scène, doit bâiller comme un homme qui a besoin de sommeil.*)

Il faut que ce soit là mon homme . . . . . serviteur. Bon jour, Monsieur, bon jour ou bon soir; car pour moi, le soir arrive quand l'aurore paraît pour les autres.

M. BERTOLIN.

Que veut donc dire le ton familier que prend ce maraut !

LA FLEUR.

Maraut ! Je ne m'appelle point maraut, afin que vous le sachiez ; je me nomme La Fleur, tout comme vous vous appellez Raffle. (*En bâillant.*)

M. BERTOLIN, (*à part à Renaud.*)

Parbleu, voilà un grand faquin !

LA FLEUR, (*à part.*)

Faquin! mais c'eſt un phénomène que ceci : un prêteur ſur gages colère & emporté! Je connais tous ceux de la ville, excepté ce juif-ci; je les ai toujours trouvés doux comme des agneaux, au moins juſqu'à ce qu'ils euſſent ſentence contre le monde.

M. BERTOLIN, (*haut.*)

Que voulez-vous donc dire?

LA FLEUR.

Ce que je veux dire! Qu'il ſera bien tems de nous maltraiter, quand il ſera queſtion de vous rendre votre argent.

RENAUD, (*bas à M. Bertolin.*)

Monſieur, tâchez de l'écouter avec calme & patience : il va faire quelque quiproquo qui nous conduira à quelque découverte. Je crois que je dévine ſurquoi porte ſa mépriſe, cette livrée là....

M. BERTOLIN.

Elle ne peut-être de ce logis. Je n'y ai vu que des habits gris, moi!

RENAUD.

Modérez-vous, Monſieur; il y a quelque parti à tirer de ceci, ou je me trompe. Les enfans ſont quelquefois plus pompeux que les pères.

M. BERTOLIN.

Bon! bon! il faut que ce drole là ſoit yvre, & ſans doute il ſe ſera trompé de porte : mais dis moi, mon ami, ſais tu bien où tu ès?

B iv

LA FLEUR.

Voyez donc que ce Monſieur eſt bon ! Où je
ſuis !

M. BERTOLIN, (animé.)

Oui.

LA FLEUR.

Belle demande ! Chez M. Girard dont je ſers
le fils !..... Allez, bon homme, allez ; point
de myſtère avec moi, je ſuis au fait, on m'a
même mis en ſentinelle ici pour vous introduire,
quand M. ſonnera.

M. BERTOLIN.

Oh ! je n'y peux plus tenir.

RENAUD, (bas à M. Bertolin.)

Tâchés, Monſieur, de vous contenir un moment.

M. BERTOLIN, (haut & d'un ton plus calme.)

Eh bien, mon ami, dites moi encore ; ſavez
vous bien à qui vous parlez ?

LA FLEUR, (avec politeſſe & d'un ton flatteur.)

Non pas tout à fait, mais je le dévine. Tous
les gens de qualité, comme mon maître & moi,
ronflent actuellement. Vous vous appelez monſieur Raffle ; notre ami commun M. Gifflart vous
a envoié ici ce matin.

M. BERTOLIN.

Ah ! je ſuis monſieur Raffle.

LA FLEUR.

Si vous n'êtes pas cet homme précieux de qui

nous attendons notre falut ; à la noble fimplicité de votre extérieur & à l'économie de votre parure, il faut au moins que vous foyez fon confrère ou fon fubftitut.

M. BERTOLIN , (*bas à Renaud.*)

Effectivement vous avez raifon : je fens...... Il faut voir un peu ce que tout ceci deviendra. (*haut*) eh bien , M. de La Fleur ! vous devinez jufte , je fuis M. Raffle , je n'ai pas voulu me découvrir d'abord. Vous fentez qu'il faut de la prudence.

LA FLEUR.

Oh oh !

M. BERTOLIN.

Eh bien , de quoi eft-il queftion ?

LA FLEUR, (*lui frappant fur l'épaule.*)

D'une excellente affaire, monfieur Raffle, d'une excellente affaire.

M. BERTOLIN.

C'eft comme cela qu'il me les faut !

LA FLEUR, (*montrant Renaud.*)

Ce Monfieur ?

M. BERTOLIN.

Vous pouvez parler ; c'eft mon commis.

LA FLEUR.

Mon maitre , fur la recommandation de M. Gifflart, & fur votre bonne renommée, monfieur Raffle , vous a donné la préférence fur bien de braves gens de votre état. Tenés , il fait bon avec

nous, les ufuriers nous galoppent, ça vous favez de quoi il s'agit ?

M. BERTOLIN.

Oui, oui, M. Gifflart m'a bien dit quelque
chofe, mais je voudrais favoir précifément de
vous ....là.....

LA FLEUR.

Précifément ?

M. BERTOLIN.
Oui.

LA FLEUR.

Oh! vous avez raifon, M. Raffle, & c'eft précifément deux mille louis qu'il nous faut, ou nous
fommes déshonorés.

M. BERTOLIN.
Déshonorés !

LA FLEUR.
Oui, le diable m'emporte.

M. BERTOLIN.
Deux mille louis !

LA FLEUR.

Tout autant. Ça parlons en confcience une fois
dans la vie, cela fera-t-il cher ?

M. BERTOLIN, (bas à Renaud.)

Oh oh, je commence à une mettre au fait.
(haut.) Mais cela dépendra des furetés.

LA FLEUR.

Des furetés ! Jugez en. Primò, nous avons un vieux bon homme de père plus riche que Créfus ; fecondò, nous allons époufer

M. BERTOLIN.

Vous allez époufer ?...

LA FLEUR.

Oui, une tonne d'or, qui arrive tout exprès de la Hollande.

M. BERTOLIN.

Quant à la première de vos furetés, elle eft dans un grand éloignement ; le bon homme à bon pied, bon œil ; il peut aller longtems. Pour la tonne d'or, vous ne la tenez pas encore.

LA FLEUR.

Oh ! c'eft tout comme. Le beau-père, qui eft fans doute quelque ours d'Hollandais, eft attendu d'heure en heure, aujourd'hui, demain, peut-être y eft-il déja. Car nous fommes fortis hier de bonne heure, & il était attendu.

M. BERTOLIN.

Il était attendu hier, & vous êtes fortis ! mais vous auriez pu être informés.....

LA FLEUR.

Informés ! oh ma foi il n'y a pas deux heures que nous fommes de retour au logis. Tout y était mort, excepté un vieux portier que nous fommes venus à bout d'accoutumer à nous ouvrir en dormant : ne vous fcandalifez pas, M. Raffle, c'eft avec nous autres gens qui rentrons tard, que vous, qui fortez matin, faites vos affaires.

M. BERTOLIN, (*bas à Renaud.*)

Parbleu, voilà un bien mauvais garnement ! Si l'on juge du maître par le valet..... mais voyons, voyons. (*haut.*) Eh quel peut-être, s'il vous plaît, l'emploi fi preffé que votre maître veut faire d'une auffi groffe fomme ?

LA FLUR.

L'emploi ! La queftion eft admirable ! l'emploi ! avez vous peur que nous n'allions fur vos brifées ? Croyez vous que nous ayons deffein de la mettre à intérêt ? Monfieur Raffle, monfieur Raffle, point de jaloufie de métier !

M. BERTOLIN.

Mais encore je ferais charmé de favoir.....

LA FLEUR.

Que de curiofité !

M. BERTOLIN.

Satisfaites la, & vous aurez votre argent.

LA FLEUR.

Oh parbleu, ça n'eft pas cher. Eh bien, nous avons une petite maifon à meubler & ... &.

M. BERROLIN.

Et .... quoi....

LA FLEUR.

Et .... vous m'entendez bien ?

M. BERTOLIN.

Non d'honneur.

LA FLEUR.

Et quelqu'un à loger.

M. BERTOLIN.

Ah oui, oui, une concierge à y mettre.

LA FLEUR.

Juftement ! & comme je vous l'ai déja dit, des dettes d'honneur à acquitter.

M. BERTOLIN.

Des dettes d'honneur !

LA FLEUR.

Oh, tout a fait d'honneur ! beau jeu ! avec des gens de qualité, qui nous empruntent quand ils perdent, & qui nous gagnent quand nous empruntons. Auffi ils nous aiment à la folie, ils nous embraffent au théâtre, ils nous tutoient dans les petits foupers, ils boivent notre vin, fe fervent de nos marchands, & nous font quelquefois l'honneur de crever nos chevaux, & de battre nos gens ! ah, M. Raffle ! il y a toujours quelque chofe à gagner à voir la bonne compagnie.

M. BERTOLIN, (bas à Renaud.)

Le dróle eft de bon fens, il fe mocque de fon maître.

RENAUD.

Cette graine la, inftruite par l'exemple d'autrui, profite & s'éleve, pour faire des fottifes à fon tour.

SCÈNE V.

Les mêmes, LE PORTIER.

LE PORTIER, (*de loin à La Fleur.*)

ST! St! St! Monfieur La Fleur?

LA FLEUR.

Eh bien, François?

LE PORTIER.

Il eft là, faut-il qu'il entre?

LA FLEUR.

Qui?

LE PORTIER.

Je ne fais pas fon nom, c'eft un petit homme noireau, barbu, trapu, qui n'eft pas encore venu, mais qui s'annonce de la part de M. Gifflart.

LA FLEUR.

De la part de M. Gifflart! c'eft être bien prévoyant, il aura fenti que ce vieux rocantin là nous lanternerait, il nous envoie du renfort. Fais entrer mon ami; plus il y a de marchands, plus la foire eft bonne; il y a concurrence ici, tenons nous fermes. (*Le Portier fort.*)

SCÈNE VI.

Les mêmes, M. RAFFLE.

M. RAFFLE.

JE suis le petit serviteur de toute l'honorable compagnie. (*s'adreſſant à M. Bertolin.*) N'eſt ce pas vous, mon brave Monſieur, qui êtes l'homme d'affaires de monſieur le Marquis?

M. BERTOLIN, (*avec ſurpriſe.*)

Monſieur le Marquis!

M. RAFFLE, (*à Renaud.*)

Eſt ce vous, Monſieur?

RENAUD.

Je n'ai point cet honneur.

M. RAFFLE, (*à La Fleur.*)

Il faut donc que ce ſoit vous, Monſieur?

LA FLEUR, (*d'un ton d'importance.*)

Oui, Monſieur!

M. RAFFLE.

Ah, Monſieur, je ſuis bien votre petit ſerviteur.

LA FLEUR.

Et moi le vôtre, Monſieur!

M. RAFFLE.

Monfieur Gifflart, Monfieur, m'a fait part, Monfieur, d'un petit befoin que monfieur le Marquis pouvait avoir de mon petit miniftère, Monfieur.

LA FLEUR, (*à part.*)

Que de révérences! oh! il faudra payer tout cela (*haut.*) Monfieur Gifflart, Monfieur, eft bien bon, Monfieur, bien prévoyant, Monfieur; il aura fans doute prévu que monfieur Raffle n'était pas notre homme, Monfieur.

M. RAFFLE.

Excufés moi, Monfieur, je fuis, Monfieur.....

LA FLEUR, (*avec une révérence.*)

Le très-bien venu, Monfieur.

M. RAFFLF, (*de même.*)

Monfieur.....

LA FLEUR, (*de même.*)

Monfieur.....

M. RAFFLE.

Raffle.....

LA FLEUR.

C'eft un juif.....

M. RAFFLE.

Mais.....

LA FLEUR.

Un Arabe.....

M. RAFFLE,

Apprenez.....

LA FLEUR.

Un vilain, un ladre, qui insulte les gens , même avant de les avoir écorchés.

M. RAFFLE.

En vérité , je suis surpris.....

LA FLEUR.

Et que mon maître , en vrai Seigneur qu'il est, devrait faire expirer sous le bâton.

M. RAFFLE.

Sous le bâton ! Je ne suis pas venu.....

LA FLEUR.

Curieux , questionneur , impertinent.

M. RAFFLE.

Ce serait fort mal fait que.....

LA FLEUR.

Vous sentez bien cela , nous injurier , nous mettre sur la selette.

M. RAFFLE.

Mais, Monsieur, je suis un honnête homme.

LA FLEUR.

A la bonne heure.

M. RAFFLE.

Point curieux.

LA FLEUR.

C'est bien fait à vous.

M. RAFFLE.

Ne me mêlant jamais que de mon petit trafic.

LA FLEUR.

Ah, fcélérat de Raffle !

M. RAFFLE.

Qu'eft-ce que cela veut dire ?

M. BERTOLIN.

Pourquoi maltraiter un homme qui ne vous doit rien ? Si vous ne voulez pas de l'argent des gens, contentés vous de les renvoyer.

LA FLEUR, (*à part.*)

Il commence à filer doux, il a peur que le poiffon ne lui échappe. (*haut.*) Non, non, monfieur Raffle, nous ne voulons pas de vos efpèces ; cent pour cent étaient bons à gagner, mais nous en trouverons d'autres, M. Raffle, nous en trouverons d'autres.

M. RAFFLE.

En ce cas-là, je n'ai plus que faire ici, moi ; il faut que l'ami Gifflart ait rêvé, ou que ces gens-ci foient devenus fous. (*Il fort.*)

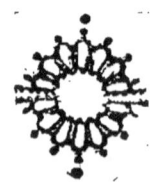

SCÈNE VII.

Les mêmes. (*Excepté Raffle.*)

(*M. Bertolin & Renaud voyant Raffle parti se mettent à rire.*)

M. BERTOLIN.

Parbleu, le quiproquo est plaisant ! adieu, mons la Fleur, digne émissaire de votre noble maître ..... à notre première entrevue, je vous compterai les espèces. (*Ils sortent.*)

SCÈNE VIII.

LA FLEUR, (*seul.*)

Que diable cela veut-il donc dire ! Les voilà tous partis ! .... Chiens d'usuriers ! tous ces oiseaux de mauvais augure font bande. Quel esprit de corps ! que le monde irait bien, si les honnêtes gens avaient entre eux autant d'union que les larrons & les corsaires !

SCÈNE IX.

LA FLEUR, CLAUDIN.

CLAUDIN, (*arrivant avec l'équipage & les ustenciles d'un frotteur.*)

EH bon jour, M. de La Fleur ; comme vous voilà matinal aujourd'hui ! que faites-vous donc là ? Vous n'avez pas l'air content.

LA FLEUR.

Je médite, mon enfant, sur le chemin que peuvent avoir pris deux vautours qui viennent de se lever de cette place.

CLAUDIN.

Il en vient donc encore, de ces sangsues. Notre jeune Bourgeois donne toujours dans les affaires.

LA FLEUR.

Comment ! vraiment, il chasse de race. Du train dont il travaille, il ne paraîtra même bientôt plus rien à tout ce que Monsieur son père a fait.

CLAUDIN,

Oh bien heureusement qu'il vient de nous arriver quelqu'un qui pourra bien mettre une fin à tout ça.

LA FLEUR.

Comment, Claudin mon ami, ils sont arrivés?

CLAUDIN.

Oui vraiment, hier, le soir, à la brune.

LA FLEUR.

Débarqués ici dans cette maison ?

CLAUDIN.

Oui, tout droit.

LA FLEUR.

Bonne affaire, morbleu, excellente affaire ! nous allons payer nos dettes, & nous remettre en fonds... eh dis-moi, Claudin, quelle espèce de gens est-ce ?

CLAUDIN.

Pour parler d'abord du père, ça m'a l'air d'un brave homme, tout rond.

LA FLEUR.

Un peu bête, n'est-ce-pas ?

CLAUDIN.

Oh que nenni ! Ça ne fait pas grand fracas, mais m'est avis qu'il raisonne bien.

LA FLEUR.

Tant pis, parbleu, tant pis ... & la fille ?

CLAUDIN.

Oh pour cela, elle est belle tout-à-fait.

LA FLEUR.

Belle tout-à-fait ! ... un air gauche & maussade, je parie ?

CLAUDIN.

Point, point, cela ne vous dégoise pas, comme Madame Leleu la fille de notre bourgeois, ça n'a pas tant d'affiquets, mais ça vous a une tournure à la franquette, & puis un air si doux.....

LA FLEUR.

On la dégourdira ... fix mois de Paris, mon pauvre Claudin, fix mois de Paris ..... mais d'ailleurs qu'importe ? il eſt queſtion de la dot, de la dot.

CLAUDIN.

Oh, ça eſt vrai, monſieur de La Fleur, il n'y a que ça qui faſſe.

LA FLEUR.

J'ai manqué les deux Raffles, mais cette bonne aubaine aidera mon maître à prendre patience.

CLAUDIN.

A la bonne heure, monſieur de La Fleur; moi je vais achever mon ouvrage. (*à part.*) Je ne fai, mais ce monſieur de La Fleur m'a l'air d'un mauvais conſeiller.

FIN du premier Acte.

ACTE II.

SCÈNE PREMIERE.

M. BERTOLIN, RENAUD.

M. BERTOLIN.

MA foi, mon ami, tout ce que je vois paſſe la plaiſanterie ; je me crois obligé en honneur d'ouvrir les yeux à mon parent ſur ce que j'ai bien vu clairement de la conduite de ce cher fils, dont il m'a tant fait l'éloge. Je ne puis ſoupçonner l'honnête monſieur Girard, d'être faux. J'en ſuis donc toujours réduit à le croire bien foible. Vas, mon ami Renaud, vas voir s'il eſt levé ; car j'ignore de ce maudit pays juſqu'aux heures de veiller & de dormir. Vas, mon ami. (*Renaud ſort.*) Je crois que ma fille ſe forme déja aux uſages : oh, les femmes ſe plient bien plus vîte au régime de Paris, que les hommes. Ma fille ! ma fille vigilante & ménagére ! Corbleu, Renaud a bien raiſon, je ſuis bien Hollandais . . . . . mais je me trompe, la voici cette pauvre enfant.

SCÈNE II.

M. BERTOLIN, MARIANNE.

M. BERTOLIN.

EH bien, Marianne; vous voilà enfin levée; j'ai toujours eu jusqu'à ce jour le plaisir de vous embrasser de meilleure heure.

MARIANNE, (*l'embraffant.*)

Il n'est pas moins vrai, mon Père, que jamais je n'ai moins joui des douceurs du sommeil, indépendamment des pensées qui peuvent l'interrompre.....

M. BERTOLIN.

Des pensées, des pensées, ma chère amie!....

MARIANNE.

Oui, je me tourmente en réfléchissant fur tout ce que je vois depuis notre arrivée, cette madame Leleu est une terrible femme, je n'en puis pas revenir.

M. BERTOLIN, (*à part.*)

Quoi, la fille aussi! (*haut.*) Qu'a-t-elle donc fait, qui te surprenne si fort?

MARIANNE.

Je crois qu'elle serait encore au tapis verd, si la compagnie n'avait été un peu moins déraisonnable & moins opiniâtre qu'elle.

M. BERTOLIN.

Comment donc, la compagnie ?

MARIANNE.

Comment ? Après que monfieur Girard vous
eut fait éclairer dans votre appartement, tout le
monde a jafé long-tems ; on a parlé de vers, de
chanfons, & de je ne fai quelle comédie où
l'on voulait me faire jouer : & puis on eft monté
chez madame Leleu. Comme le grand fallon eft
attenant à la chambre de monfieur Girard, on ne
voulait pas interrompre fon repos ; car il fe leve
de bonne heure, lui, & a toujours quelque chofe
à faire le matin. . . . .

M. BERTOLIN, (à part.)

Oui, les fottifes que fes enfans ont fait la veille,
à réparer ! (haut.) Eh bien, ma fille ?

MARIANNE.

On a demandé des cartes, on a joué, & puis. . . . .

M. BERTOLIN.

On a joué . . . dans l'appartement de madame
Leleu ! & à quel jeu, ma fille ?

MARIANNE.

On appellait cela le vingt-un.

M. BERTOLIN.

Le vingt-un ! . . . . & madame Leleu ? . . . .

MARIANNE.

Oh, madame Leleu a plus perdu en une heure,
qu'il ne faudrait à un bon ménage d'Amfterdam
pour fubfifter pendant toute une année !

M. BERTOLIN.

Quelle fottife ! ou plutôt quelle frénéfie !

MARIANNE.

Oh que c'eſt bien dit, frénéfie ! Car madame Leleu s'eſt miſe dans une colère qu'elle ne ſe poſſédait pas : auſſi ſes pauvres femmes de chambre en ont pâti.

M. BERTOLIN.

Et toi, ma pauvre enfant, dis-moi quelle figure faiſais-tu là ?

MARIANNE.

Moi ! Ah, mon Dieu ! Si madame Leleu n'avait pas fait tant de bruit, j'aurais dormi tout debout.

M. BERTOLIN.

Tu aurais mal fait, ma fille ; il faut ſavoir ſe gêner un peu.

MARIANNE.

Auſſi ai-je bien fait mon poſſible, & madame Leleu a eu la bonté de m'excuſer ; au petit point du jour, elle a eu encore celle de m'envoyer coucher, en diſant : " La pauvre petite a beſoin de „ repos ; bon ſoir, Mademoiſelle " & puis elle a ajouté en regardant la compagnie : " patience, „ patience, quand elle aura un mari, elle ſaura „ veiller & jouer, comme une autre." Comme je gagnais la porte, accablée de ſommeil, je l'ai entendue ajouter, en hauſſant les épaules & en riant : " La pauvre enfant eſt bien de ſon pays !"

M. BERTOLIN, (*à part.*)

Bravo! Joli train de vie! bel exemple pour une mère de famille à venir!

MARIANNE.

Hier, après avoir quitté madame Leleu, on m'a dit qu'il ne faisait jour chez elle qu'entre midi & une heure, tout au plus. Je n'ai pas pu. . . . .

M. BERTOLIN.

Allez, allez, ma chère fille; puisse le jour commencer toujours pour vous, quand la nuit cesse! Laissés moi un moment, j'attends monsieur Girard, il faut que j'aie un entretien avec lui.

MARIANNE, (*avec timidité.*)

Mon père. . . . . monsieur Renaud ? . . . . .

M. BERTOLIN, (*avec bonté.*)

Eh bien ma fille, monsieur Renaud ?

MARIANNE.

Mon père. . . . . Je voulais seulement savoir s'il vous avait aussi rendu ses devoirs aujourd'hui.

M. BERTOLIN.

Oui, mon enfant, oui. . . . (*elle sort.*) Oh parbleu, mon pauvre ami Girard, j'en ai de belles à vous apprendre !

SCÈNE III.

M. BERTOLIN, M. GIRARD.

M. GIRARD.

EH bon jour, mon ami, vous fentez-vous encore du voyage! Comment avez-vous paffé la nuit?

M. BERTOLIN.

J'en ai emploié une bonne partie à dormir, & l'autre à faire des réflexions.

M. GIRARD.

Comment des réflexions!

M. BERTOLIN.

Eh oui, des réflexions! Croyez-vous qu'on en perde l'habitude en changeant de climat? ah ça, parlons franchement. Comment trouvez-vous ma Marianne?

M. GIRARD.

Mais on ne peut pas mieux! Charmante, en vérité! La figure du monde la plus aimable, & le naturel le plus doux!

M. BERTOLIN.

J'ignore fi je me flatte fur fon compte; mais j'ai toujours cru qu'elle n'avait pas tant mauvaife grace pour une hollandaife; & pour fon ame, je la crois bien placée. Mais à vous parler confidemment, je ne crois pas qu'elle convienne à monfieur le Marquis.

M GIRARD.

Eh, de quel Marquis parlez-vous donc?

M. BERTOLIN.

Eh mais, on m'a dit qu'il était votre fils!

M. GIRARD.

Mon fils Marquis! Voilà le premier mot que j'en fai!

M. BERTOLIN.

Ma foi, je n'en fais pas beaucoup plus que vous; mais je l'ai entendu qualifier ainfi, par un honnête homme avec qui il eft en courant d'affaires, un certain monfieur Raffle.

M. GIRARD.

Je ne connais pas cela.

M. BERTOLIN.

Oh, je le crois bien! Et ce galant homme traitait avec fa livrée.

M. GIRARD.

Soyez de bonne foi, mon cher Hollandais; je gage que ce fera cette livrée qui vous aura déplu.

M. BERTOLIN.

Mais à vous dire le vrai, je ne fai pas trop pourquoi les valets de vos enfants feraient ainfi chamarrés, pendant que les vôtres font tout unis.

M. GIRARD.

Monfieur Bertolin, j'ai acquis des biens feigneuriaux, une charge qui m'anoblit, un écuffon: mon fils va commencer à faire fouche; il faut qu'il paraiffe.

M. BERTOLIN.

Quoi ! qu'il paroisse ce qu'il n'est point !

M. GIRARD.

C'est par là qu'on le devient, mon ami.

M. BERTOLIN.

La méthode est assez bizarre ! tenés, mon cher monsieur Girard, quoique nouvellement débarqué dans cette capitale, je sai à merveilles à quoi m'en tenir sur tous ces marquisats & sur toutes ces livrées : & le public n'en est pas plus la dupe que moi. A votre tour, dites moi avec la même franchise ; croyez-vous que j'aie eu la sotte vanité d'amener ma fille de Hollande pour en faire une de ces grandes dames qui rougissant de leurs honnêtes & modestes parens, ne s'épuisent en faste & en impertinences, que pour attraper un ridicule en courant après la qualité ?

M. GIRARD.

Mon ami, si j'attachais autant d'importance que vous à toutes ces misères là qui sont courantes ici dans le siècle où nous sommes, elles me chagrineraient autant qu'elles vous choquent ; elles ne me plaisent pas au fond plus qu'à vous .... daignez m'écouter avec l'indulgence que je suis souvent obligé d'avoir pour tout ce que je vois.

M. BERTOLIN.

Excusez ma franchise ; car je ne puis m'en défaire.

M. GIRARD.

A la bonne heure ! mais du moins entendez moi.

M. BERTOLIN.

Soit.

M. GIRARD.

Si vous faviez le tour que les hommes ont pris ici, depuis que nous commençons à grifonner l'un & l'autre..... Si vous connaiffiez mon fils & les autres jeunes gens de fon âge, vous conviendriez que malgré un peu de foible pour le clinquant, que je lui paffe, c'eft un caton en comparaifon.

M. BERTOLIN.

Ce défaut eft le plus pitoyable de tous ; mais ce n'eft point un vice. S'il n'avait que celui là.....

M. GIRARD.

On peut encore lui reprocher un peu d'étourde-rie ; mais ne faut-il pas que jeuneffe fe paffe ? ... d'ailleurs, croyez qu'en lui donnant une femme aimable & fenfée, j'ai prévu que c'était un moyen d'abréger le tems de la folie,

M. BERTOLIN.

C'eft fort bien raifonner pour ce qui regarde votre fils ; mais moi, je voudrais que ma fille eût auffi un mari agréable & plein de raifon.

M. GIRARD.

Eh cela viendra bien vite, mon cher !

M. BERTOLIN.

Oh parbleu, vous forcez ma fincérité. Vous ne favez donc pas toutes les fredaines de ce fils.... eh bien, je ne fais que d'arriver, moi ; & fans le vouloir, j'ai appris des chofes qui me font préfu-mer que fa converfion eft un peu plus difficile.

M. GIRARD.

Vous m'allarmez, mon ami.

M. BERTOLIN.

Ce n'eſt pas mon intention ; mais il faut bien vous convaincre que je ne ſuis pas homme à rompre ſur un prétexte.

M. GIRARD.

Mais enfin, qu'a-t-il donc fait ?

M BERTOLIN.

Les trois choſes les plus criantes, & les plus folles pour le fils d'un honnête marchand. Primò, hanter plus grand ſeigneur que ſoi. En ſecond lieu, avoir à leur exemple des dettes d'honneur, une petite maiſon, & une concierge. Finalement, ſoutenir tout cela en faiſant ce que les diſſipateurs & les libertins appellent *des affaires.*

M. GIRARD.

Eh dites moi, s'il vous plaît, qui peut vous avoir déja fait ces contes infâmes ?

M. BERTOLIN, (*appercevant La Fleur.*)

Tenez, morbleu, tenez ; voilà mon auteur qui arrive.

M. GIRARD.

Qui, ce malheureux là !

M. BERTOLIN.

Lui-même.

SCENE

SCÈNE IV.

Les mêmes, LA FLEUR.

LA FLEUR, (à part.)

EH bien, ce diable d'homme en pour parler
avec le Patron..... qu'eſt-ce donc que cela veut
dire ?

M. GIRARD.

Approche, malheureux. Quel noir démon a pu
te ſuggérer la penſée diabolique de calomnier lâ-
chement ton maître auprès d'un ami dont nous
recherchons l'alliance ? Réponds.

LA FLEUR.

Moi, Monſieur !

M. GIRARD.

Oui, toi.

LA FLEUR, (à part.)

Que diable veut-il donc dire ! (haut.) Eh comment aurais-je pu m'y prendre ? Je ne le connais
point. Que le Ciel me confonde, ſi je lui ai parlé
de ma vie !

M. GIRARD.

Voilà un impudent coquin ! Quoi tu oſes nier !...

LA FLEUR.

Nier ! j'en ferais ferment.

D

M. GIRARD.

Serment, pendard !

LA FLEUR.

Oui, Monfieur, je foutiens au contraire, envers & contre tous, que monfieur de Menneville eft un jeune homme d'une conduite, d'un honneur, d'..... d'une vertu même ! (*à part.*) mais que diable fait donc ici M. Raffle ?

M. GIRARD.

Tu foutiens cela ?

LA FLEUR.

Oui, Monfieur, & perfonne n'oferait dire le contraire, qu'un maudit juif qui eft venu nous offrir de l'argent à une ufure épouventable, & qu'en gens fages nous avons rembarré. (*à part.*) Mais ce Raffle maudit, que fait-il là, encore un coup !

M. GIRARD.

Que veux-tu dire avec ton juif ? laiffe là tes feintes ! dis, qui t'a pu infpirer de dire à monfieur Bertolin ?.....

LA FLEUR.

A monfieur Bertolin !

M. GIRARD.

Oui, miférable !

LA FLEUR.

Monfieur Bertolin eft un homme que je refpecte. Moi, lui en impofer ainfi... ah ! Monfieur, la conduite de Monfieur votre fils ..... il faudrait avoir la langue d'un ferpent pour y mordre. (*à part.*) Je veux être pendu, fi j'entends rien à tout ceci.

M. GIRARD, (*à M. Bertolin.*)

Eh bien, vous entendez.....

M. BERTOLIN.

Oui, qu'on vous trompe.

LA FLEUR, (*à part.*)

Il parle bas à Raffle.... oh, ce fera ce fripon là.....

M. GIRARD.

Quoi! mons La Fleur, vous avez donc l'effronterie de foutenir que vous n'avez pas parlé à monfieur Bertolin!

LA FLEUR.

Eh, je ne l'ai jamais vu!

M. GIRARD, (*à M. Bertolin.*)

Jamais vu!

M. BERTOLIN.

Cela n'empêche pas qu'il ne m'ait parlé.

M. GIRARD.

Je n'y comprends rien.

LA FLEUR.

Jamais je ne lui ai proféré une fyllabe.

M. GIRARD, (*à M. Bertolin.*)

Entendez-vous?

M. BERTOLIN.

Oui, fort diftinctement.....

M. GIRARD.

Et tu lui dis cela en face !

LA FLEUR.

En face ! .... mais..... (*à part.*) Je ne vois perfonne ici que cet arabe de Raffle !

M. BERTOLIN, (*éclate de rire.*)

Ah, ah, ah !

M. GIRARD.

Que veut donc dire tout ceci, mon ami ?

LA FLEUR, (*à part.*)

Son ami !

M. GIRARD.

Eclaircissés moi .... car je m'y perds.

M. BERTOLIN.

C'est, en deux mots, que ce misérable m'a
pris ce matin pour monsieur Raffle, & qu'il m'a
fait des confidences qu'il voudrait bien certaine-
ment n'avoir point lâchées.

LA FLEUR, (*à part.*)

Ouf !

M. GIRARD.

Je demeure anéanti.

LA FLEUR, (*à part.*)

Et moi, je ne vaux guéres mieux.

M. BERTOLIN.

Remettés vous, mon ami, & approfondissons
ceci,

M. GIRARD.

Ah! mons La Fleur, vous êtes donc l'agent secret & le coopérateur du désordre caché de mon fils !

LA FLEUR.

Monſieur ! . . . .

M. GIRARD.

Parlez : qu'eſt-ce que tout ceci ſignifie ?

LA FLEUR.

Monſieur, tantôt j'ai . . . (*à part.*) oh ! qui diable ne ſe ferait mépris à la mine de cet homme là ! (*haut.*) J'ai, Monſieur. . . . .

M. GIRARD.

Eh bien ſcélérat! .... tu as.....

LA FLEUR.

Fait un malheureux quiproquo ... mais, Monſieur, la vérité eſt que monſieur votre fils....

M. GIRARD.

Mon fils. . . . .

LA FLEUR.

Votre fils .... a eu ... une affaire d'honneur ... mon zèle avait imaginé .... pour ne pas affliger un père ſenſible & tendre, de .... donner un tour à cela.

M. BERTOLIN.

Quel galimathias ! Quel amphigoury !

LA FLEUR, (*bas à M. Girard.*)

Si Monſieur voulait permettre que j'euſſe l'honneur de lui dire un mot entre quatre yeux.

M. GIRARD.

Tu peux parler haut..... (*à part.*) Je meurs d'inquiétude !

M. BERTOLIN, (*à part.*)

Parbleu ! voilà un impudent drole qui, je crois, connait bien son homme : voyons comment il se tirera de-là.

LA FLEUR.

Il m'était enjoint de garder un profond silence sur ce malheur ; mais puisque vous me l'ordonnez, Monsieur,..... c'est malgré moi que je vais vous affliger, le ciel m'en est témoin.

M. GIRARD.

Eh ! dépèche toi, malheureux, dépèche toi.

LA FLEUR.

C'est un accident fâcheux.... mais quel homme d'honneur est à l'abri de ces choses-là ? ... Monsieur votre fils voulait vous en dérober la connaissance ; mais vous me forcez de trahir son secret.

M. BERTOLIN.

A quoi bon tous ces préambules ?....

LA FLEUR.

Eh ! Monsieur, donnez moi le tems de préparer le cœur de monsieur Girard ......ce cœur paternel.....

M. GIRARD.

Eh ! bourreau, tu le déchires par tes circonlocutions.

LA FLEUR, (*à voix basse.*)

Je vous dirai donc, Monsieur, que hier au soir Monsieur votre fils était à l'opéra. De fil en aiguille, un jeune seigneur lui lâcha quelques propos assés déplacés ; il riposta, on se parle à l'oreille, on sort, on dégaine ; & en trois passes, voilà mon petit seigneur sur le carreau.

M. GIRARD.

Ah ! je respire ; & n'est-il point blessé ?

LA FLEUR.

Non, Monsieur .... mais l'affaire pouvait avoir des suites fâcheuses, la famille de son adversaire est puissante.

M. BERTOLIN.

Bon ! nouvelle perfection ! la manie de ferrailler.....

LA FLEUR.

Comment, Monsieur, ferrailler ! un jeune homme plein d'honneur & de courage, qu'on outrage, qu'on traite de petit bourgeois !

M. BERTOLIN.

Voilà-t-il pas de quoi égorger un homme ! & qu'avait-t-il affaire avec ces gens-là ? tenés, mon ami, je parierois que ce faquin vous fait une histoire.... d'ailleurs, quel rapport peut-il y avoir entre ce combat vrai ou faux, & les choses qu'il m'a dites ?

LA FLEUR, (*à part.*)

Ah, maudit Hollandais ! ....

M. GIRARD.

Ah ça, dis-moi la vérité . . . pourquoi me faire un conte affligeant qui est aussi étranger à ceux de la petite maison, de la concierge, & à l'emprunt des usuriers ?

LA FLEUR.

Ah! Monsieur, rien n'est plus aisé à comprendre . . . . . (*d'un ton très-pathétique.*) Quand Monsieur votre fils a vu son adversaire tombé, son cœur a saigné bien plus que la blessure qu'il venait de faire. Mon père, s'est-il écrié, mon cher père, il faudra que je m'éloigne de vous ! . . .

M. GIRARD, (*fort attendri.*)

Le malheureux enfant !

M. BERTOLIN.

La narration de ce maraud commence à m'ébranler.

LA FLEUR, (*continuant sur le même ton.*)

Cours, mon cher La Fleur, cours ; mais surtout cache soigneusement ce désastre à l'auteur de mes jours : trouve moi de l'argent. . . . Car je ne puis rester à Paris . . . . . heureuse, mille fois heureuse, cette bonne ville où il y a de si bons pères ... malheureux les enfants . . . . . qui . . . . Ici, Monsieur, la douleur lui a coupé la parole ; je l'ai vu si désolé, son désespoir m'a tellement épouvanté.... que je m'en allais, venais, courais, comme un homme qui a perdu l'esprit . . . . . lorsque . . . . . lorsqu'un de mes amis à qui j'ai communiqué mon embarras, m'a promis la visite & l'assistance de monsieur Raffle à la pointe du jour.

M. BERTOLIN.

Je ne conçois pas comment ce maraud-là nous fera passer par-dessus la petite maison & la concierge.

LA FLEUR.

A peine rentré, le hazard m'a fait rencontrer Monsieur, je l'ai pris pour monsieur Raffle. Que voulez vous, Monsieur? Il m'a pressé, pouillé. Pour mettre des bornes à sa curiosité, & toucher bien vite l'argent dont nous avions besoin, j'ai mieux aimé que mon maître passât à ses yeux pour un libertin, que de lui confesser la raison qui nous avait fait recourir à lui.

M. GIRARD.

Et voilà tout?

LA FLEUR.

Oh oui, tout.... en conscience.

M. GIRARD.

Dis moi, mon pauvre La Fleur .... ton maître?

LA FLEUR.

Mon maître .... il dort, Monsieur.

M. GIRARD.

Il dort?

LA FLEUR.

Oui, Monsieur.

M. GIRARD.

Y penses - tu?

LA FLEUR.

Monsieur, les choses, graces au Ciel, ont

pris un tour favorable ; nous avions laiſſé un eſpion ſur le champ de bataille ; il y a deux heures environ qu'il eſt venu calmer nos allarmes ; la bleſſure n'eſt point mortelle.

M. BERTOLIN.

En ce cas , ce n'eſt que demi-mal.

LA FLEUR, (*avec importance.*)

C'était un furieux combat, Monſieur ; nous avions affaire au plus grand eſcrimeur de Paris, auſſi votre gendre futur s'y eſt comporté avec le ſang froid d'un Céſar.

M. GIRARD.

Je vous l'avais bien dit, mon ami, mon fils a les défauts de l'âge où il eſt ; chaleur de ſang, ardeur de jeuneſſe, un peu de vanité, même de l'étourderie : mais ſes mœurs & ſon cœur......

LA FLEUR.

Ah ! Monſieur, le jour n'eſt pas plus pur.

'M. GIRARD.

Allons ; puiſque les choſes ſe ſont paſſées auſſi heureuſement , je prétendrai cauſe d'ignorance, pour que mon fils n'ait point de reproches à te faire.

LA FLEUR.

Monſieur .... (*à part.*) le bon homme mord à la grappe, & l'autre reſte confondu !

M. BERTOLIN.

Va, laiſſe le repoſer. Inſtruis moi cependant de tout ce qui pourrait ſe paſſer relativement à cette malheureuſe affaire. --- Vous, mon ami, après

ette explication, --- j'efpère que vous êtes fatis-
ait : allons achever notre entretien dans mon ca-
inet.

M. BERTOLIN.

Je fuis à vous. (*à part.*) Tout ce que j'entends,
ne confond encore plus que tout ce que je vois.

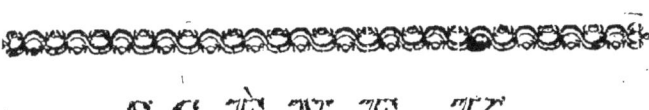

SCÈNE V.

LA FLEUR, (*feul.*)

OUF.... me voilà tiré d'un pas fâcheux!
moyennant un petit feigneur que mon imagina-
ion féconde tue & reffufcite en un inftant, voilà
i plus lourde fottife affés habilement réparée!
ù diable avais-je donc mis mes yeux & mon efprit
e matin!.... mais on ouvre par-là ..... c'eft
non cher petit Céfar.

SCÈNE VI.

MENNEVILLE, (*en frac.*) LA FLEUR.

MENNEVILLE.

LA Fleur ?

LA FLEUR.

Monfieur.

MENNEVILLE, (*furieux.*)

Comment, Coquin ! Tu ne m'as pas encore annoncé ce scélérat, ce juif, cet arabe !

LA FLEUR, (*avec dissimulation & timidité.*)

C'est ..... c'est qu'il n'est pas venu, Monsieur.

MENNEVILLE.

Il n'est pas venu, pendard ! parbleu un honnête homme a bien de la peine à se ruiner avec ces malheureux-là !

LA FLEUR.

Oh, Monsieur, ils sont si employés aujourd'hui !

MENNEVILLE.

Il est vrai qu'on est forcé d'avoir recours à eux.

LA FLEUR.

Monsieur ?

MENNEVILLE.

Eh bien !

LA FLEUR.

La fortune vous fournit aujourd'hui une ressource bien plus honorable. Votre future. . . .

MENNEVILLE.

Ma future !

LA FLEUR.

(*A part.*) Oh le libertin, il pâlit. . . . (*haut.*) Oui, Monsieur, elle est arrivée d'hier au soir.

MENNEVILLE.

Oui . . . Je l'avais oublié, mon Père me marie.

LA FLEUR.

Vous recevez cela affez froidement.

MENNEVILLE.

Que veux-tu ? je m'accommodais affez bien de
ion célibat.

LA FLEUR.

Oui, oui, cela n'allait pas mal.

MENNEVILLE.

Je ne fais, le lien conjugal doit être bien doré.

LA FLEUR.

Auffi dit-on, Monfieur, qu'il y a des écus.

MENNEVILLE.

A la bonne heure !

LA FLEUR.

D'ailleurs, la prétendue eft ma foi très-aimable.

MENNEVILLE.

Elles le font quelquefois la veille, mais jamais
: lendemain.

LA FLEUR.

D'accord, Monfieur, mais la dot !

MENNEVILLE.

Cela eft plus certain .... as-tu fait mettre l'An-
lais à mon cabriolet ?

LA FLEUR, *(furpris.)*

A votre cabriolet !

MENNEVILLE.

Et à quoi donc, butor ?

LA FLEUR.

Il gronde! avant-coureur du mariage.. (*haut*) Monfieur fort ce matin ?

MENNEVILLE.

Oui, mons La Fleur, je fors ... & qu'y a-t-il à cela ?....

LA FLEUR.

Ah, Monfieur! C'eft témoigner bien peu d'empreffement à Monfieur votre beau-père, arrivé d'hier au foir ..... à une jolie femme....

MENNEVILLE.

Je crois que ce drole-là veut m'apprendre à vivre !

LA FLEUR.

Ah, Monfieur ! ....

MENNEVILLE.

Le Vicomte eft-il venu ?

LA FLEUR.

Non, Monfieur.

MENNEVILLE.

Il n'eft pas de parole ; il m'avait affuré en fortant du jeu, qu'il viendrait....

LA FLEUR.

Vous payer ?

MENNEVILLE.

Sans doute.

LA FLEUR.

Oh, il aura eu des empêchemens..... Je gage que ce gros allemand, qui joue fi bien au piquet &

gagne toujours fur les groffes parties, fera plus exact ... oh parbleu, le voici: je ne me trompe pas.

SCÈNE VII.

Les mêmes, LE BARON DE TRI-CHEMBACK.

LE BARON.

EH pon jour, mon cher Marquis, che fuis pien faché .... fous avez choué hier d'un grand guignon. Cinq cent louis !..... mais c'eft pagatelle pour vous.

MENNEVILLE.

Monfieur le Baron, la fortune eft journalière, je me rattraperai.

LE BARON.

Ratrabé .... oui, oui, che fuis peau joueur, à ce foir revanche .... oui ratrabé ! ah, ah, ah.

LA FLEUR, (*à part.*)

Il veut dire attrapé une feconde fois.

MENNEVILLE.

Nous verrons, j'ai bien des affaires aujour-d'hui.

LE BARON.

Cinq cent Louis, & che m'en fuis.

MENNEVILLE.

Vous êtes preffé, monfieur le Baron ; je fuis malheureufement fans fonds, & très-occupé pour ia journée.

LE BARON.

Occubé, oh quelque betite amour, che gage.

MENNEVILLE.

Je ne fai fi l'amour en fera, mais je me marie.

LE BARON.

Betite mariache glandeftin, fans doute !

MENNEVILLE.

Non, très-férieux.

LE BARON.

Oh, l'être donc pour peaucoup d'argent ?

MENNEVILLE.

Oui, beaucoup.

LE BARON, (*faifant des révérences.*)

Ah, ché me recommande, monfieur le Marquis, ché me recommande. (*au Vicomte qui entre*) Oh parpleu, cholie nouvelle, monfir le Vicomte, ah, ah, ah, monfir le Marquis, fte foir ... (*il rit*) ah, ah, ah.

SCENE

SCÈNE VIII.

'Les mêmes, LE VICOMTE.

LE VICOMTE.

EH qu'y a-t-il donc, mon pauvre Baron ?

LE BARON.

Il prend une femme fte aujourd'hui , ... (*riant*) ah , ah , ah.

LE VICOMTE.

Eh bien ! il la quittera demain.

LE BARON.

Non , non, pas comme ça. Un femme en mariache pour touchours.

LE VICOMTE.

Quoi , mon pauvre ami , tu t'enterres déja ?

MENNEVILLE.

Tout cela s'eft arrangé fans que je m'en fois mêlé.

LE VICOMTE.

Mais ce font là des fingularités qui ne font pas de ton fiècle : au contraire, mon ami , c'eft avant la cérémonie qu'il faut s'en mêler ; & quelques jours après l'union , laiffer faire les autres.

LE BARON.

A la mode de France. Etre pien commode, ma foi.

E

LE VICOMTE.

Et la future eſt un enfant ſans doute ?

MENNEVILLE.

Je ne l'ai point vue ; tout ce que j'en ſais, c'eſt que le père eſt un bon homme qui depuis quarante ans a léziné en Hollande pour ſe défaire avanta-geuſement de cet enfant à Paris.

LE VICOMTE.

Oh parbleu , quand la pilule eſt ſi bien dorée, on peut l'avaler !

LE BARON.

Avec de l'or peaucoup , un femme être tou-chours aſſez cholie.

LE VICOMTE.

Et aſſurément, mon cher ami, nous te perdons pour une quinzaine ?

LE BARON, (*à part.*)

Un quinzaine ! (*bas au Marquis.*) Si mon-ſieur le Marquis foulait me compter mon archent ?

LE VICOMTE, (*qui l'a entendu.*)

Ah Baron de Trichemback , vous venez ici pour demander de l'argent à notre ami !

LE BARON.

Oui, un petit paquatel que ché lui ai quagné.

MENNEVILLE.

Ma foi, monſieur le Baron, je n'ai pas le quart de votre ſomme ; mais dans la journée, je ſuis à vous.

LE VICOMTE, (*bas à Menneville.*)

Pourrais-tu me prêter ton refte ? il faudrait.....
(*il lui parle bas.*)

MENNEVILLE, (*lui donnant fa bourfe.*)

Tiens, prends, cela eft jufte !

LA FLEUR, (*bas à Menneville.*)

Mais fongez-vous, Monfieur.....

MENNEVILLE.

Tais toi. (*il eft penfif.*)

LA FLEUR, (*à part.*)

Le joli ménage, prêter plutôt que de payer !

LE BARON, (*bas au Vicomte.*)

Le Marquis fous prête, & il ne me paye point.

LE VICOMTE, (*bas au Baron.*)

Tais toi, Baron, tu fais que je te dois, c'eft
pour toi que je travaille, je paye quand je peux,
moi; & le Marquis, quand il veut.

LE BARON, (*de même.*)

Oh, ché comprends, mais.....

LE VICOMTE, (*haut à Menneville.*)

Eh bien, comme te voilà rêveur, mon pauvre
Menneville ! tu as déja l'air grave d'un père de famille : ah ça, quand tout ce tracas-là fera paffé,
fais nous avertir.

MENNEVILLE.

Vous en ferez inftruit.

E ij

LE VICOMTE.

J'y compte au moins... tu auras fans doute
ton hôtel, tu nous feras une fociété fupportable ;
car pour ta trifte famille, ton père éternel, & ton
empezé beau-frère.... tout cela eft, à périr. Il
faut au moins pouvoir s'amufer quelquefois chez
foi.

MENNEVILLE.

Vous avez raifon.

LE VICOMTE.

Sans préjudice aux plaifirs du dehors.

LE BARON.

Oui, oui, trois fois la femaine, un petit bouil-
lote pour paffer le tems.

LA FLEUR, (*à part.*)

Voyez les honnêtes gens, l'un fe charge du tripot, & l'autre du..... oh, cela fera une bonne
maifon !

LE VICOMTE.

Adieu, mon pauvre Marquis ; marie toi bien
vite pour n'y plus penfer, & puis rends toi à tes
amis.

LE BARON.

Eh pien, dans la chournée, monfieur le Marquis ?

MENNEVILLE, (*avec impatience.*)

Eh oui, Monfieur, eh oui !

SCÈNE IX.

MENNEVILLE, LA FLEUR.

MENNEVILLE.

MAUDIT allemand ! il eſt bien preſſé.

LA FLEUR.

Oh ces allemands de Paris , Monſieur , ſont pis que les Gaſcons.

MENNEVILLE.

Voilà ce que c'eſt , ton maudit Raffle que Dieu confonde ! . . . .

LA FLEUR.

Il a tort , Monſieur , c'eſt bien mal fait à lui : mais un juif ne ſait pas ce que c'eſt qu'une dette d'honneur.

MENNEVILLE, (*avec colére.*)

Ce faquin là a toujours quelques mauvaiſes plaiſanteries à lâcher. C'eſt ton affaire , maraud ; ſi à mon retour je ne trouve point ici mon argent compté , je te fais rouer de coups : tu ſais à quoi tu m'expoſes.

SCÈNE X.

LA FLEUR, (*seul.*)

CET orage m'a bien l'air de se résoudre en coups de bâton, & de tomber sur mes épaules. Ouf le maudit hollandais ! C'est pourtant sa casaque brune, sa cravatte & son grand chapeau, qui m'exposent à tout cela; trois usuriers porteurs de sentences à satisfaire ! Un joueur à désaltérer, & puis le courant ! il faut bien de l'argent comptant pour tout cela ! allons, monsieur de La Fleur, evertués vous... C'est dans les grands embarras que se distinguent les intelligences supérieures. Mais quel fracas ! qu'est-ce donc que ceci ?

SCÈNE XI.

LE BARON, RENAUD, LA FLEUR.

(*Renaud tient le Baron au collet & le force d'entrer à l'aide de deux valets de M. Girard.*)

RENAUD.

BON mes amis, laissés le ici, je vous réponds qu'il ne m'échappera pas, gardés seulement la porte avec soin.

LE BARON, (*se débattant.*)

Parpleu, Monfir, qu'eft ce que fous foulez de moi ? moi point Wurts, moi le paron de Trichemback.

LA FLEUR, (*à part.*)

Qu'eft-ce donc que ceci veut dire ! l'homme d'affaires de notre beau-père infulte monfieur le Baron.

RENAUD.

Ah, baron de Trichemback ! Il y a longtems affez que je me promettais le plaifir de vous rencontrer !

LE BARON.

Mais dites moi, Monfir de La Fleur, favez fous fi fte miférable n'eft pas fou ?

RENAUD.

Du moins l'on faura tout à l'heure que vous êtes un fripon, monfieur le Baron, avec votre prétendu baragouin.

LE BARON.

Un fripon ! un fripon ! à moi fripon ! au paron de Trichemback ! oh ché feu fortir d'ici pour ne pas couper les oreilles à cet imbertinent.

RENAUD, (*le retenant.*)

Doucement, doucement, baron de Trichemback.

LE BARON.

Safés fous à qui fous barlés ?

RENAUD.

Patience! patience! monfieur Bertolin va vous le faire dire par un commiffaire.

LE BARON.

Monfir Pertolin! un commiffaire à moi! à un paron de Weftphalie!

RENAUD.

Ah! de la Weftphalie!

LA FLEUR.

Que diable eft-ce donc que tout cela?

SCÈNE XII.

Les mêmes, M. BERTOLIN.

M. BERTOLIN.

QU'EST-CE donc que tout ce bruit-là?

RENAUD.

Venez, venez, Monfieur; je tiens notre homme!

M. BERTOLIN.

Que vois-je! ce fcélérat de Wurft qui a volé ma caiffe il y a deux ans.

LA FLEUR.

Oh! oh! voici bien du nouveau : ah baron de Trichemback, vous aviez volé le beau-père avant d'efcroquer le gendre. Oui, oui, Meffieurs, c'eſt un fripon, je m'en ſuis bien douté, il gagne toujours quand on double les paris.

LE BARON, (*tombant aux genoux de M. Bertolin, & parlant bon français.*)

Eh bien, Monſieur, vous êtes le maître de mon ſort ; c'eſt-à-dire, de me pardonner, ou de me faire pendre.

M. BERTOLIN.

Ah coquin ! qu'as-tu fait de mon argent ?

LE BARON.

Votre . . . . . votre argent, Monſieur !

M. BERTOLIN.

Oui, ſcélérat, vingt mille florins que tu m'as volé !

LA FLEUR, (*à part.*)

Diable ! voilà qui valait bien une baronnie de la Weſtphalie !

LE BARON.

Monſieur. . . .

M. BERTOLIN.

Parle, qu'en as-tu fait ?

LE BARON.

Monſieur. . . . .

LA FLEUR.

Sans avoir eu l'avantage d'être dans la confidence de monſieur le Baron, je crois que je vous en dirais bien quelque choſe.

M. BERTOLIN.

Eh bien ?

LA FLEUR.

Un petit commerce très-lucratif pour ceux qui favent mêler l'induftrie au bonheur. Monfieur le Baron joue, & fait jouer fes amis.

M. BERTOLIN.

Ah! il joue. . . . .

LE BARON, (*à genoux.*)

Monfieur, ayez pitié. . . .

M. BERTOLIN.

Vas fcélérat, vas chercher ton trifte fort loin de mes yeux.

(*Le Baron fe léve, héfite, & s'enfuit.*)

SCÈNE XIII.

Les mêmes, (*Excepté le Baron.*)

M. BERTOLIN, (*à La Fleur.*)

Ce font donc là les gens de qualité, envers qui ton maître contracte des dettes d'honneur?

LA FLEUR.

Ah! Monfieur . . . . à fon âge on peut être furpris.

M. BERTOLIN.

Oui, mais au mien cela ne ferait pas pardonnable. Adieu, monfieur de La Fleur.

(*Bertolin fort, fuivi de Renaud.*)

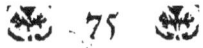

LA FLEUR.

Ce maudit Vieillard-là eſt bien verd ! Je crois que nous avons fait un trou à la tonne d'or : elle fuit, mon cher patron, elle fuit. Au reſte, à quelque chôſe malheur eſt bon ; le Sr. Wurſt ne viendra point nous demander l'argent du baron de Trichemback, & en voilà un d'expédié ſans débourſer. Allons cependant tâcher de prévenir le tendre Papa, contre les impreſſions que pourrait faire cette nouvelle découverte.

FIN du ſecond Aἒe.

ACTE III.

SCÈNE PREMIERE.

MARIANNE, ROSETTE.

ROSETTE.

BON Dieu, que vous êtes impatiente, Mademoiselle. Donnez-moi le tems d'arranger ces nattes, & de faire bouffer un peu votre phisionomie.

MARIANNE.

Ah Ciel, cela ne finirait pas d'aujourd'hui. Vous m'avez déja martirisée pendant deux grandes heures.

ROSETTE.

Deux grandes heures ? Mais c'est peu de chose !

MARIANNE.

D'ailleurs je ne veux pas avoir la phisionomie bouffie.

ROSETTE, (à part.)

Quelle simplicité ! (haut.) Mademoiselle, c'est un terme de l'art.

MARIANNE.

De l'art! oh, je ne l'aime point.

ROSETTE.

Vous ne l'aimez point, Mademoiselle? L'art fait pourtant ici des miracles! les moins recherchées ne font pas même scrupule d'en mettre depuis le sommet du panache jusqu'au bas du menton, & l'emprunt d'un visage est chose si commune, que peu de femmes peuvent se vanter d'en avoir un à elles. Allons, allons, Mademoiselle, souffrez que j'ajoute encore quelques boucles.

MARIANNE.

Non, non, je suis contente de celles que je tiens de la nature.

ROSETTE.

On a senti à Paris qu'il fallait corriger son ouvrage; si les belles n'y trouvent pas leur compte, cette méthode du moins sert aux laides à franchir bien des comparaisons.

MARIANNE.

Savez-vous que vous êtes insupportable? Je voudrais bien que madame Leleu....

ROSETTE.

Madame Leleu!.... Elle s'est réservée le soin de couronner mon ouvrage: elle doit placer sur votre tête la partie la plus essentielle de votre coëffure.

MARIANNE.

Y a-t-il encore quelque chose à y ajouter? J'en ai déja un pied!

ROSETTE.

Le panache, Mademoiſelle, le panache ! les plumes en ſont longues & badines.

SCÈNE II.

Madame LELEU (*en peignoir*), les mêmes.

[Madame LELEU.

BON jour, ma belle enfant ! Embraſſés moi.... ah, bon Dieu, que vois-je ? Quelle mauſſaderie ! Roſette eſt-ce à coëffer ainſi Mademoiſelle que vous avez paſſé la matinée ?

ROSETTE.

Madame, ce n'eſt pas ma faute ſi.....

Madame LELEU.

Il y a des jours où vous êtes d'une mal adreſſe !..

ROSETTE.

Madame....

MARIANNE.

Je vous ſupplie, Madame, de vouloir bien n'ac-cuſer que moi. Mademoiſelle Roſette ſe diſpoſait à faire un chef-d'œuvre ſur ma tête, mais la pa-tience m'eſt échappée.

ROSETTE.

Il fallait voir Mademoiſelle gémir, bâiller, ſe tourner, ſe retourner, ſe plaindre : mort de ma

vie, eſt ce-là une femme ? Je n'en ai jamais vu
comme celle-là !

Madame LELEU.

Vous êtez donc bien impatiente , ma belle Cou-
fine !

MARIANNE.

A la toilette, beaucoup , Madame ; mais à l'occupation , jamais.

Madame LELEU, (*à part.*)

Oh Ciel! qu'elle eſt gauche !.... (*haut.*) Vous
aimez donc bien l'occupation ?

MARIANNE.

Beaucoup , Madame.

Madame LELEU.

Mais la plus eſſentielle ponr une jeune perſonne,
c'eſt celle de plaire ; voilà notre deſtination &
notre élément : tous les inſtans , que nous conſa-
crons à nous embellir , font fans contredit les
mieux employés.

MARIANNE.

J'ai toujours entendu dire à ma chère maman....

Madame LELEU , (*à part.*)

A fa chère maman! quelle pauvreté !

MARIANNE.

Que les vertus domeſtiques d'une femme fenſi-
ble , attentive & vigilante , avaient un charme
plus durable & plus fur , que le vain éclat d'une
beauté paſſagère , & que.....

Madame LELEU, (*bas à Rosette*)

Oh, la petite bégueule! Comme cela moralise!
C'est bien dommage; il y aurait de quoi en faire
une jolie femme. (*haut*) Eh bien, apprenés de
moi, Mademoiselle, que si à Paris vous voulez sub-
juguer un mari, car c'est le terme; il faudra em-
ployer la toilette bien plus que la morale.

ROSETTE.

Suivez les conseils de Madame; c'est une femme qui sait s'y prendre.

Madame LELEU.

Allez, Rosette, allez; cherchés moi ces plumes... (*Rosette sort.*) Le plaisir d'être belle dédom-
mage bien du petit effort de sacrifier quelques
heures vis-à-vis d'une glace, sur tout quand elle
n'a que des choses agréables à nous dire.

ROSETTE.

Je vous réponds que vous allez faire pâlir toutes celles qui vous verront; voici une mode nouvelle dont vous & Madame avez l'étrenne.

Madame LELEU.

Autrefois les belles se couronnaient de fleurs;
aujourd'hui elles se parent de plumes: chaque siècle a son simbole: nos ayeules étaient simples,
& l'on veut que nous soyons légéres.

MARIANNE.

Quoi! Madame, les maris veulent cela!

Madame LELEU, (*riant.*)

Ah, ah, ah, les maris! Rosette!

ROSETTE.

ROSETTE, (*de même.*)

Ah, ah, ah. C'est ma foi bien ces Messieurs-là que l'on consulte !

Madame LELEU, (*après avoir considéré le panache.*)

Voilà qui vous sierra à ravir. Comment le trouvez-vous ?

MARIANNE.

Ah mon Dieu, Madame, cela est plus grand que moi, je ne pourrai plus passer aux portes.

ROSETTE.

Bon, ce n'est rien que cela, vous ne serez encore empanachée qu'en femme de robe. Si vous voyez les plumes qu'on montait pour la fille d'un financier, qui demain doit se lever duchesse !

Madame LELEU, (*poussant un soupir.*)

Ah ! c'est-là mon tourment !

MARIANNE.

Vous gémissez, Madame ?

Madame LELEU.

Eh oui, ma chère Marianne, vous serez plus heureuse que moi, vous épouserez un homme d'épée.

ROSETTE.

Et vous éleverez vos plumes .... ah dame, sans que personne ait le mot à dire.

F

SCÈNE III.

Les mêmes, un LAQUAIS.

LE LAQUAIS.

Monsieur l'Abbé, Madame, monfieur le Marquis & monfieur le Confeiller, viennent de monter dans votre appartement.

Madame LELEU.

J'y vais : venez, fuivez moi, ma chère Marianne ; mon exemple va vous inftruire. Quand vous ferez ma belle fœur, vous pourrez à votre tour jouir de cet inftant de la toilette, le plus intéreffant de la journée pour une femme d'une certaine façon ; mais j'apperçois le .... Comment donc appellez-vous cela ?

MARIANNE.

C'eft le commis de mon père.

ROSETTE, (à part.)

Voyez la pauvre femme ! elle a été allaitée à un comptoir, & elle ne fait plus ce que c'eft qu'un commis !

MARIANNE.

Il paraît avoir à me parler.

Madame LELEU.

Expédiez le donc, je vous attends. (elle fort.)

SCÈNE IV.

MARIANNE, RENAUD.

RENAUD.

Mademoiselle?

MARIANNE.

Ah! vous voilà, monsieur Renaud, il est bien tard !

RENAUD.

Les affaires de monsieur Bertolin .... vous le savez bien, rien au monde que mon zèle pour lui ne pourrait m'empêcher de venir prendre vos ordres.

MARIANNE.

C'est bien fait, monsieur Renaud ; tout ce que vous faites pour mon père, mon cœur vous en sait gré. Ah çà, comment me trouvez-vous ?

RENAUD.

Il serait bien impossible à la parure de rien ajouter à vos agrémens, vous l'embellissez au contraire.

MARIANNE.

Non, non, parlez franchement, ce n'est pas là ce que je vous demande ; parlez sans détour, comment suis-je ?

RENAUD.

Toujours la même ; mais.....

MARIANNE.

Je vous entends : vous avez bien raifon. Que je vous en voudrais, fi vous ne trouviez pas tout cet attirail bien ridicule !... Enfin cette madame Leleu l'a voulu. J'efpère bien que mon père ne fera pas de fon goût : alors je profiterai bien vîte du prétexte de l'obéiffance.

RENAUD.

Quelle aimable ingénuité !... (*à part.*) heureux le mortel !... mais on vient.

MARIANNE, (*avec la plus grande douceur.*)
Adieu, monfieur Renaud.

RENAUD.

Eft-il au pouvoir de l'art d'ajouter quelque chofe à tous les charmes que la nature lui a prodigués !

SCÈNE V.

RENAUD, LA FLEUR.

LA FLEUR, (*fans voir Renaud.*)

COMMENT faire ? ... par où fortir d'embarras ? dans deux heures payer .... ou bien .... j'ai perdu mes pas auprès du véritable monfieur Raffle, point d'affaires ; il a les coups de bâton fur le cœur.. les eût-il fur le dos ! ..... ah chienne de méprife ! oh ! oh ! voici le factotum du beau-père. (*lui faifant des révérences jufqu'à terre*) Monfieur .... j'ai l'honneur .... permettez-vous...... Monfieur, je fuis bien votre ferviteur.

RENAUD, (*séchement.*)

Monsieur, je suis le vôtre.

LA FLEUR, (*à part.*)

Si j'amadouais ce personnage, je pourrais peut-être accrocher par son moien quelque à compte sur la dot !

RENAUD, (*à part.*)

Cet homme-là m'a bien la mine de ruminer à quelque ruse !

LA FLEUR.

Vous me voyez pensif & rêveur, Monsieur ; croiriez-vous que je m'occupais de votre félicité, & que je vous l'envie ?

RENAUD.

Eh ! en quoi, s'il vous plaît, mon sort vous parait-il si désirable ?

LA FLEUR.

Ah Monsieur ! Comment ! l'honneur & le plaisir d'être attaché à monsieur Bertolin, au plus digne, au plus respectable des hommes ! mais en revanche aussi, quelle satisfaction pour lui d'avoir en vous un conseil sage, un ami sur & solide, un second lui-même.

RENAUD, (*à part.*)

Voilà un début bien laudatif !

LA FLEUR.

Il est vrai, Monsieur, que je ne suis qu'un valet ; mais sous cet habit, j'ai une âme.....

RENAUD.

L'homme & l'habit n'ont rien de commun.

F iij

LA FLEUR.

Ah! que c'eſt bien dit, Monſieur! auſſi mon maître me diſait ce matin : ah La Fleur! monſieur Bertolin doit amener avec lui un certain monſieur Renaud: ce jeune homme! ah! c'eſt bien la perle des hommes!

RENAUD.

Je ſuis obligé à votre maître de ſa bonne opinion.

LA FLEUR.

Ah Monſieur! c'eſt un jeune homme d'un coup-d'œil, d'un diſcernement!.. toutes les belles qualités du monde; mais entre nous ſoit dit, il me donne quelquefois bien du chagrin.

RENAUD, (à part.)

Apparemment qu'il le bat & ne le paye point. (haut) Comment du chagrin! eſt-il ſerré? Chiche?

LA FLEUR.

Eh non, Monſieur; il eſt au contraire généreux comme un prince, avec ſageſſe toutefois ; d'ailleurs je vous dirai que l'intérèt n'eſt pas ma paſſion dominante.

RENAUD.

Il vous maltraite donc?

LA FLEUR.

Jamais, Monſieur, jamais; c'eſt la bonté, la patience, la douceur même.

RENAUD.

Mais je ne devine pas ce qui peut tant vous chagriner.

LA FLEUR.

Ah ! monſieur Renaud, ce garçon-là me fait ſaigner le cœur !

RENAUD.

C'eſt le propre d'un bon ſerviteur de prendre à cœur les affaires de ſon maître.

LA FLEUR.

Ah ! oui les affaires , c'eſt bien dit.... Monſieur , je compte ſur votre diſcrétion au moins.

RENAUD, (*étonné.*)

Vous pouvez parler.

LA FLEUR.

Mon maître ſi leſte , ſi pimpant, ſi magnifique, ſi libéral pour ſes gens ... a un défaut : il ... il ... il aime l'argent.

RENAUD.

L'argent !

LA FLEUR.

Oui, Monſieur , l'argent.

RENAUD.

Pour le dépenſer, ſans doute ?

LA FLEUR.

Non pas diable ! non pas .... vous vous trompez, Monſieur ; la manie des affaires deſcend aſſurément de génération en génération. Non content des biens conſidérables que l'honnète induſtrie de ſes pères lui a laiſſés , il faut qu'il tracaſſe, qu'il agiote....

RENAUD.

Mais il n'y a rien d'affligeant à cela.

F iv

LA FLEUR.

A la bonne heure, Monſieur, à la bonne heure ! mais tout va ſi mal dans ce tems-ci ; les hommes font de ſi mauvaiſe foi dans le ſiècle où nous vivons ! croiriez-vous, Monſieur, que nous venons d'eſſuier coup ſur coup deux banqueroutes effroyables ? (*à part.*) Il faut bien parler à ces gens-là une langue qu'ils entendent.

RENAUD, (*avec ironie.*)

Comment ! mais vraiment la choſe eſt triſte & remarquable : deux banqueroutes & une affaire d'honneur le même jour !

LA FLEUR.

Eh oui, ce font des circonſtances bien malheureuſes !

RENAUD.

On ne peut pas plus cruelles.

LA FLEUR.

Si quelque honnête homme avait la charité de nous obliger dans un moment auſſi critique ; oh ! nous ſommes gens à bien faire les choſes.

RENAUD, (*à part.*)

Je crois qu'il cherche à me tenter.

LA FLEUR, (*à part.*)

Bon ! il réfléchit... il y vient... pouſſons... (*haut*) Vous diſpoſez aſſés de l'eſprit du bon monſieur Bertolin ? vous ?...

RENAUD.

Oui, j'ai lieu de me flatter d'avoir un peu de crédit ſur lui.

LA FLEUR.

Vous allez pour lui ? vous venez ? vous ?...

RENAUD.

Je fais ſes affaires.

LA FLEUR.

Et vous ?.. & ...?

RENAUD.

Hem ... & je ?....

LA FLEUR.

Et vous maniez les eſpèces ?

RENAUD.

Comment donc ? que voulez vous dire ?

· LA FLEUR.

Eh oui ! vous faites circuler. ...

RENAUD, (*finement.*)

Ah, ah ! quelquefois.

LA FLEUR.

Eh bien ! monſieur Renaud, car il faut enfin
ſe faire comprendre, nous avons beſoin ; ſervez
nous : on vous en tiendra compte ſans bruit ſur
la dot avec ... oh oui ! une rétribution plus qu'honnête.

RENAUD.

Je vous baiſe les mains, mons de La Fleur.
(*à part en s'en allant.*) Dans toute autre circonſtance j'éclaterais.

SCÈNE VI.

LA FLEUR. (*après l'avoir suivi des yeux.*)

DE quelle diable d'espèce sont donc ces hommes là? Est-il dans tout Paris un seul caissier de finance, qu'une pareille proposition n'aurait fait sauter à mon col! comment! un tour de bâton aussi innocent en comparaison de tant d'autres! pour moi, je m'y perds .... avisons donc promptement à quelqu'autre moyen..... Si j'allais .... non, ce n'est pas cela .... mais .... oui fort bien .... le père! .... oui certes ... l'idée est noble & touchante! (*il fait quelque pas & revient*) ne vaudrait-il pas mieux que le jeune homme me secondât par une scène bien larmoyante ...... à merveille! ma foi, le voici fort à propos.

SCÈNE VII.

MENNEVILLE, LA FLEUR.

MENNEVILLE, (*en désordre & en colère.*)

AH coquin! voilà donc de tes œuvres! c'est donc là l'effet de toutes tes promesses! ton Gifflart, ton Raffle! me voir arrêter en pleine rue! insulter par de la canaille! ah scélérat! (*il le prend au collet.*)

LA FLEUR.

Ah, ah, ah ! eſt-ce ma faute à moi, Monſieur ?
puis-je répondre des incivilités de vos créanciers ?

MENNEVILLE.

Ah maraud !

LA FLEUR.

Il y a aſſez long-tems que je me tue de vous
dire que ce petit train-là ne peut pas continuer :
j'aurais ajouté bien de belles choſes, mais vous
êtes ſi prompt à frapper !

MENNEVILLE, (*furieux.*)

De l'argent, de l'argent.

LA FLEUR.

Eh oui ! je ſens que cela nous donnerait au
moins du repit ; mais voilà ce qui nous perd.

MENNEVILLE.

Ce ne ſont pas là tes affaires, bourreau ; monſieur Raffle, pendard, qu'eſt-il devenu ?

LA FLEUR.

Eh bien, Monſieur, eh bien ! monſieur Raffle
aura entendu ſans doute des gens mal intention-
nés tenir des propos..... Car la vertu a toujours
des ennemis ; il ne veut pas riſquer le ſol. De-là
j'ai été chez d'anciennes connaiſſances, on demande des nantiſſements, des effets, des bijoux ; &
comme vous ſavez, nous n'avons plus une nipe
ſuperflue.

MENNEVILLE.

Mais mon mariage, miſérable !

LA FLEUR.

Ils veulent voir le contrat, Monſieur.

MENNEVILLE.

Et la ſucceſſion ?

LA FLEUR.

Tarare ! ils diſent que Monſieur votre père ſe porte bien, & que ce n'eſt pas à eux à vous faire des avances d'hoirie. Tenez, croyez-moi, Monſieur, mariés vous, changés de vie, &....

MENNEVILLE.

Traitre ! tu m'as mal ſervi ; & tu me prêches !

LA FLEUR.

Ah çà, Monſieur, parlons de ſang froid.

MENNEVILLE.

Eh bien ?

LA FLEUR.

Il eſt bien vrai que toute ma rhétorique n'a pu réuſſir à émouvoir en votre faveur le cœur d'un uſurier.... mais, Monſieur, j'ai un meilleur projet. Je voudrais que vous fuſſiés trouver Monſieur votre père, & que....

(*pendant ces dernières phraſes, Menneville doit avoir l'air abſorbé.*)

Et que diable ce maudit talon rouge a-t-il affaire de venir interrompre mon ſermon !

SCÈNE VIII.

Les mêmes, LE VICOMTE.

LE VICOMTE.

EH mon Dieu, que viens-je d'apprendre? quoi mon pauvre Marquis, on a voulu t'arrêter, & qui font donc ces coquins-là?

MENNEVILLE.

Des miférables qui m'ont fait payer affez cher, pour s'ôter le droit de me faire un affront!

LE VICOMTE.

Confole toi, mon ami; c'eft un accident commun aux gens de notre forte. Quoi, te voilà tout morfondu!

MENNEVILLE.

Ma foi, mon cher Vicomte, je ne fais où donner de la tête.

LE VICOMTE.

Viens, mon brave, viens. J'ai là bas deux de mes camarades, gens réfolus & accoutumés à narguer des créanciers; viens fous notre efcorte; nous verrons à te donner des confeils.

MENNEVILLE.

Et toi, faquin, tu me le payeras.

LA FLEUR.

Mais, Monſieur, écoutés moi donc. Monſieur
votre père... Monſieur Bertolin .... ſa fille...

SCÈNE IX.

LA FLEUR, (ſeul.)

AU diable, s'il m'écoute! c'eſt la première
fois de la vie que je m'aviſe de lui parler raiſon.
O tems! O mœurs!.... mais je crois qu'à force
de réfléchir ſur le joli train de vie de ces petits
Meſſieurs, je viendrai à bout de réformer le mien!
cet honnète eſcroc ſait que l'oiſeau eſt encore bon
à plumer pour lui: oh! il va l'achever!...Par-
bleu, je ſuis bien bon, moi, de prendre tant de
ſoin. Que m'en revient-il, après tout, de me
tracaſſer pour fournir à toutes ſes équipées, &
pour les cacher dans cette maiſon? Des coups,
quand je ne réuſſis pas; du froid, du chaud,
quand les affaires ſe ſoutiennent; & pour perſpec-
tive au bout de tout cela, la porte!.... non,
non... pourſuivons notre deſſein, & réparons toutes nos complaiſances en allant trouver monſieur
Girard... eh bien, il croira à un repentir que
force majeure aménera bientôt, & tout ira bien....
oh, oh! voici nos hollandais; ſauvons nous
avant qu'ils nous voyent.

SCÈNE X.

M. BERTOLIN, RENAUD.

M. BERTOLIN.

NON, non ; tu as beau-dire, je veux abſolument déſabuſer le pauvre homme , & pour cela,
je vais attendre ici qu'il ſoit rentré.

RENAUD.

Mais, Monſieur.....

M. BERTOLIN.

Son aveuglement me fait pitié ; quelle ſottiſe !
quelle duperie ! Comment un homme de bon ſens
peut-il ſe figurer que la nobleſſe , que nos ayeux
n'acquéraient que par leurs vertus & leurs exploits,
ne ſoit plus aujourd'hui qu'un titre à faire des
extravagances ?... Parbleu ! je n'ai pas encore
vu ſon petit ſeigneur de fils ; mais d'après les fredaines que j'apprends de tous côtés.....

RENAUD.

Mais , Monſieur, la jeuneſſe de l'un , l'amour
paternel dans l'autre.....

M. BERTOLIN.

Ah , l'amour paternel ! quand des ſcènes ſont
publiques & ſcandaleuſes !

RENAUD.

Ah , Monſieur que dites-vous là !

M. BERTOLIN.

Oui, ce matin en fortant d'ici je vais chez le banquier Vanharbourg : à fa porte, je trouve du monde ameuté, j'apperçois une voiture légére attelée d'un courfier fougueux, & entourée d'une foule de recors ; le phaéton irrité qu'elle portait s'anime à leur approche ; il fouette à coups redoublés ; l'animal preffé fait ouvrir les rangs aux rifques de paffer fur le ventre à tous les fuppôts de juftice ; des paffans froiffés, d'autres éclabouffés jufqu'aux oreilles, s'uniffent à eux, & crient *arrête, arrête.* Le cheval excité par fon guide eft déja loin ; on fe demande qui c'eft ? on nomme un Marquis ; peu après une popula ce furieufe, entourant un malheureux dont les membres étaient brifés, prononce avec imprécations le nom.... ah ! mon ami, je ne donnerai jamais ma Marianne à un homme qui veut échapper aux conféquences de fa mauvaife foi, ou de fon inconduite, par un acte de férocité !

RENAUD.

Votre récit me fait peine, mais encore y a-t-il à cela plus de malheur que d'intention.

M. BERTOLIN.

D'intention, mon ami ! il faudrait l'étouffer. Non, encore une fois, non ; ceffe de l'excufer : j'ai pour ma fille d'autres vues dont tu ne te doutes affurément pas.

RENAUD.

Je dois les refpecter, Monfieur ; mais l'honneur de vous appartenir, l'égalité d'âge, de fortune....

M. BER.

M. BERTOLIN.

Ce n'eſt pas aſſez de l'avoir ; il faut ſavoir la conſerver.

RENAUD.

Mais après tout , Monſieur ; croyez-vous que ce ſoit un argent abſolument perdu , que celui qui ſe diſſipe en acquérant un peu d'expérience ?

M. BERTOLIN.

Renaud , n'es-tu pas auſſi jeune que lui ? Crois-tu que je te confierais le ſoin de mes affaires , ſi tu étais capable de toutes ces extravagances ? Non, mon ami , non. Penſes-tu que ma fille ne me ſoit pas plus précieuſe que mon argent ? J'avais fait une ſottiſe de la promettre ſans connaître mon homme ; mais je te jure que je la réparerai.

RENAUD.

Je ne puis diſconvenir , Monſieur , que ce ne ſoit agir en père ſage.

M. BERTOLIN, (à part.)

Modeſte & bon jeune homme , il ne penſe pas que je me ſois apperçu ..... mais voici le maître du logis.

G

SCÈNE XI.

Les mêmes, M. GIRARD, LA FLEUR.

LA FLEUR, (*parlant bas à M. Girard dans l'éloignement*)

AH, Monfieur, je vous en réponds, corps pour corps. Le pauvre jeune homme eſt ſi pénétré qu'il n'oſera paraître devant vous, que lorſque je lui aurai porté l'aſſurance de ſon pardon.

M. GIRARD, (*à La Fleur.*)

Vas, tu fais ce que je t'ai dit; qu'il vienne, il n'y a pas un inſtant à perdre. Ce qui me fâche, c'eſt qu'il ait attendu juſqu'à ce moment.

LA FLEUR, (*lui baiſant le bas de l'habit en s'eſſuyant les yeux.*)

O le bon, o l'excellent père! après cela, Monfieur mon maître, vous n'avez qu'à recommencer! oh je vous abandonne auſſi ... & les billets, Monfieur?

M. GIRARD.

Montez-là haut, Thibaut vous les remettra.

(*La Fleur fait une profonde révérence, & ſort.*)

SCÈNE XII.

Les mêmes, (*Excepté La Fleur.*)

M. BERTOLIN.

SERVITEUR, serviteur ; je vous attendais avec impatience. Il faut cependant que je vous prévienne, que ce n'est pas pour vous dire des choses aussi agréables que je le désirerais.

M. GIRARD.

Quoi, vous songeriez encore à ce malheureux quiproquo de tantôt !

M. BERTOLIN.

Oh parbleu ! chaque quart d'heure m'en apprend de plus belles.

M. GIRARD.

Mauvais rapports, mauvais rapports.

M. BERTOLIN.

Mauvais rapports ! & si j'ai vu moi-même !

M. GIRARD.

Vous avez vu mon fils ; parbleu ! j'en suis bien aise. Eh bien ! votre Marianne sera-t-elle si mal partagée ?

M. BERTOLIN.

Malgré toute l'indulgence qu'il me serait doux de témoigner pour quelqu'un qui vous appartient,

G ij

je me fens entraîner à l'opinion de cinq à fix cent bouches qui, je vous affure, ne chantaient pas fes louanges.

M. GIRARD.

Qu'eft-il donc arrivé de nouveau? Quelque efpiéglerie?

M. BERTOLIN.

Diable, efpiéglerie! n'eft-il pas forti ce matin dans une de ces infernales machines qu'on appelle des .... des cabriolets!

M. GIRARD.

Je ne crois pas.

M. BERTOLIN.

Vous ne le croyez pas?

M. GIRARD.

Non: mais je le fuppofe, n'eft ce pas le ton?

M. BERTOLIN.

Ah, ah, c'eft le ton! eft-ce le ton auffi de devoir ce qu'on porte, de perdre ce qu'on a emprunté, & d'échapper aux créanciers qu'on trompe, aux dépens des jambes & des bras d'un honnête paffant qui n'y eft pour rien?

M. GIRARD.

Et vous avez vu cela?

M. BERTOLIN.

Oui, de mes deux yeux que voilà.

M. GIRARD.

Mais vous ne connaiffez pas mon fils!

M. BERTOLIN.

Je n'avais pas encore cet honneur ; car, comme vous voyez, il avait bien autre chofe à faire que d'aller au-devant de fon futur beau-père. Mais tous les fpectateurs ont pris foin de me mettre au fait, en fe le montrant du doigt. Je fuis fâché d'être obligé, pour vous convaincre, de vous ré- péter cette fcène ; mais aux grands maux, les grands remédes : vois-tu, difait-l'un ; c'eft le mar- quis de Menneville ! plaifant Marquis vraiment, répondait l'autre ; ça n'a une favonette que d'hier, & ça vous paffe déja fur le corps au pauvre monde ! Il ferait bien mieux d'auner du drap, repliquait un troifième. Les Girards, difait un autre, étaient de braves gens ; auffi ne fe nomme-t-il plus comme eux ; tout le monde fait bien d'où il vient ; mais le diable fait feul où il va. J'en fuis fâché ; mais voilà ce que j'ai entendu.

M. GIRARD, (à part.)

Serait-il poffible ! mais non. La Fleur m'a dit.... (haut) Vous ne me ménagez pas, mon ami : heu- reufement que je puis vous prouver qu'il faut que tous ces gens-là fe foient mépris ; car j'ai des cer- titudes, que mon fils n'a pu fortir de chez moi aujourd'hui.

M. BERTOLIN.

Parbleu, celui-là me paraît fort ! .... & ce beau baron de Weftphalie, monfieur de Trichembock, ce fripon qui m'a volé il y a deux ans, & que j'ai pris chez vous prefque la main dans le fac, me nierez-vous cela ?

M. GIRARD.

Je le blâme beaucoup de s'en laisser imposer par un escroc; mais dans une grande ville où rien n'est plus journalier, on peut être dupe une fois; c'est tout au plus un malheur.

M. BERTOLIN.

Un malheur! mais un malheur qui n'arrive qu'à ceux qui vont le chercher, qu'aux étourdis qui vont donner tête baissée dans tous les brelans, comme des étourneaux dans un filet. D'ailleurs, vous savez le proverbe : on commence par la sottise, & l'on finit par....

M. GIRARD.

Ah, mon ami, arrêtez !

M. BERTOLIN.

Je vous dis des vérités dures, mais vous en avez besoin.

M. GIRARD.

Mais ayez donc patience.

M. BERTOLIN.

Baste! terminons. Vous êtes annobli; n'est-ce-pas?

M. GIRARD.

Mais dites moi, est-ce encore un crime ?

M. BERTOLIN.

Non, je vous l'ai déja dit ; ce n'est qu'une folie. Mais votre fils, gagnant encore de l'avance, est déja un seigneur; il n'aura pas ma fille, ou il faudra....

M. GIRARD.

Ou il faudra?

M. BERTOLIN.

Que je voye clair comme le jour , que jusques à préfent , mes yeux & mes oreilles m'ont abufé.

M. GIRARD.

Cela ne fera pas difficile.

M. BERTOLIN.

Parbleu , votre aveuglement eft bien inconcevable !

M. GIRARD.

Et votre prévention , permettez-moi de vous le dire , bien incompréhenfible. Quand je vous dis que je fuis fûr de mon fait.

M. BERTOLIN.

Sûr de votre fait !

M GIRARD.

Eh oui , vous dis-je , eh oui. Allons nous mettre à table ; la compagnie nous attend. J'efpère quelques heures après vous préfenter ce fils dont quelques circonftances, que fa feule légereté a produites , vous donnent une auffi défefpérante opinion ; vous la perdrez en le voyant. . . . .

M. BERTOLIN, (à part.)

Pour l'achever , il eft peut-être hypocrite !

M. GIRARD.

Je ne fuis point aveugle , mon ami ; je vous demande encore une fois jufqu'à la fin du jour pour vous fatisfaire. La Fleur. . . . .

M. BERTOLIN.

Oh le bon garant ! .... (*à part.*) quelle crédulité !

M. GIRARD.

Venez, venez ; je vous réponds de tout.

M. BERTOLIN, (*impatient.*)

Mais si ce soir , c'est vous qui vous trompez ?

M. GIRARD.

Je vous rendrai votre parole.

M. BERTOLIN.

Allons donc soit, à ce soir.

FIN du troisième Acte.

ACTE IV.

SCÈNE PREMIERE.

M. BERTOLIN, MARIANNE.

M. BERTOLIN, (*entrant sur la scène.*)

BON Dieu, quel diné! mais c'est le banquet des foux! Est-il possible, mon enfant, de donner son bien à manger à ces gens-là? Pour moi, j'en ai assez, je te jure, & je vais me sauver comme je le pourrai.

MARIANNE.

Je vais vous accompagner, mon père.

M. BERTOLIN.

Non, ma fille, non; nous autres gens d'affaires, nous avons toujours quelque prétexte pour fausser compagnie: on nous excuse. Restez, restez.

MARIANNE.

Je les entends approcher.

M. BERTOLIN.

En ce cas, je me sauve. Tu saisiras, ma fille, le moment où tu pourras venir me joindre sans avoir l'air de fuir personne.

SCÈNE II.

Madame LELEU, MARIANNE, LE MARQUIS, M. D'OFFRE-VILLE, LE CONSEILLER, L'ABBÉ.

Madame LELEU.

AH de grace, Marquis ! fortons des combats, furtout point de ta... de ti... comment donc cela ?

LE MARQUIS, (*en riant.*)

Tactique, Madame, tactique. Il n'y a pas aujourd'hui de caporal qui n'en fache plus que Montécuculli.

LE CONSEILLER.

Il faut convenir que jamais les gens de guerre n'ont plus écrit, & que nous avons bien des Végéces & des Polybes.

M. D'OFFREVILLE.

Il faudrait bien de ces pièces-là pour faire la monnoye d'un Céfar !

LE MARQUIS.

Des pièces ! de la monnoye ! mon ami d'Offreville, vous parlez de cela comme d'une refcription.

Madame LELEU.

Des refcriptions ! toujours des termes de guerre.
Laiffez donc là toutes ces belles chofes , & parlez moi du nouveau carroffe ... oh que je hais
toutes ces berlines baffes & écrafées ! il femble
qu'on foit encaiffé dans ces vilaines machines - là.
Une femme eft obligée d'y renoncer à fa coëffure,
ou à fon couffin ; quand elle fait même ce dernier facrifice , il faut que fon corps y foit plié
comme un Z.

M. D'OFFREVILLE.

Vous avez bien raifon , Madame.

Madame LELEU.

Et vous dites, monfieur le Confeiller , que c'eft
madame de Claquenville qui a eu le premier ?

LE CONSEILLER.

Hier , Madame, elle fut en faire parade dans
vingt maifons , & fit tout le tour de Paris droite
comme un piquet fur un double carreau , nar-
guant toutes les malheureufes qui , la tête en-
foncée dans les épaules , femblaient envier fa voiture & fon attitude triomphante.

Madame LELEU.

Comment , une impériale qui fe leve & fe baiffe
à commandement !

LE CONSEILLER.

D'un coup de pouce , Madame , avec moins
d'effort qu'il n'en faut pour tirer le cordon.

Madame LELEU.

Voilà qui eft inconcevable !

LE MARQUIS.

Surprenant!

LE CONSEILLER.

Tous les arts de luxe ont fait un progrès. . . . .

Madame LELEU.

Oh, voilà qui eſt fini. Je reforme toutes mes voitures. Et cela s'appelle?

LE CONSEILLER.

Une complaiſante.

M. D'OFFREVILLE.

Si l'on pouvait en faire autant aux portes! Elles auraient quelquefois beſoin d'un peu de complaiſance auſſi.

Madame LELEU.

Oh, je n'aurai pas un inſtant de repos que je n'en aye une! Allons, Marquis; il faut que vous m'y conduiſiez ſur le champ.

LE MARQUIS.

J'en ſuis bien au déſeſpoir, Madame; la Du-cheſſe hier me fit promettre. . . . .

Madame LELEU.

Je n'ai rien à dire à cela . . . . petit volage, ah! c'eſt une ducheſſe qui vous enchaine aujourd'hui... En ce cas, je m'empare du conſeiller.

LE CONSEILLER.

Que vous me donnez de regrets, Madame! j'ai depuis trois jours un piquet arrêté chez la Préſi-dente; malheureuſement, c'eſt une revanche que je dois.

Madame LELEU.

Et vous, aimable Créfus?

M. D'OFFREVILLE.

Oh Madame, je fuis dans les architectes. Je
pars pour ma terre ce foir. Je fais ajouter une aile
pour loger ma femme; fon appartement fera fé-
paré du mien par tout le corps de logis. Vous fentez bien que cela eft preffé.

Madame LELEU.

Mais voilà qui eft affreux. Je n'aurai donc que
l'Abbé?

L'ABBE.

Z'attendais mon tour avec impatienze, Madame; ze fuis toujours aux ordres de la beauté.

LE MARQUIS.

Vivent Meffieurs les Abbés! ah Madame! voilà
le ton & l'efprit du corps.

Madame LELEU.

Vous devriez en rougir, Meffieurs; c'eft une
honte, la galanterie eft perdue: il ne refte plus
aux femmes honnêtes que les petits collets.

M. D'OFFREVILLE.

On aime le fruit défendu, Madame; cet état-
là furtout court après.

Madame LELEU.

Je vous laiffe, Meffieurs, je n'emporte pas
l'efpoir de vous revoir. Allons, ma petite fœur;
car il vous faudra bientôt une complaifante auffi.

M. D'OFFREVILLE.

Cette mode n'a pas tout-à-fait commencé par les carroffes.

MARIANNE.

Trouvez bon, Madame, que je faififfe l'inftant où vous allez vous occuper de cette importante acquifition, pour me rendre aux ordres de mon père.

Madame LELEU.

Comment donc, de votre père?

MARIANNE.

Oui, il m'attend actuellement dans fon appartement.

Madame LELEU, *(hauffant les épaules.)*

Allez donc, Mademoifelle, allez; & vous, l'Abbé, donnez moi la main.

L'ABBE.

Oui, Meffieurs, oui. Ze fuis content de mon partaze; vous ferferez où vous voudrez les deux autres graces. Ze vais voler fur les pas de la plus belle.

LE MARQUIS.

Touzours galant, monfieur l'Abbé.

(L'Abbé préfente la main aux Dames.)

SCÈNE III.

LE MARQUIS, M. D'OFFREVILLE, LE CONSEILLER,

LE MARQUIS.

CETTE bégueule a la manie de vouloir des écuyers... elle s'imagine qu'on n'a rien de mieux à faire que d'aller s'étaler avec elle... bon pour un abbé.

LE CONSEILLER.

Comment! mais c'est un martyre, une question à subir que d'essuyer toutes les ridicules prétentions de cette femme.

M. D'OFFREVILLE.

C'est une complaisance que de manger dans cette maison. Quand cela m'arrive, je ne vois jamais assez-tôt le moment d'en sortir.

LE MARQUIS.

Ah l'ami d'Offreville! Pour nous dédommager un peu, vous nous devez un souper dans la petite maison; car actuellement que la Dame a le dos tourné, vous voilà sans doute revenu du château.

M. D'OFFREVILLE.

Oh vous avez deviné.... nous tâcherons d'oublier la morgue municipale de ces citadins-là.

(Ici La Fleur paraît au fond de la scène & les écoute.)

LE CONSEILLER.

Ce font de bonnes gens.

LE MARQUIS.

Oui, mais d'une platitude....

LE CONSEILLER.

J'en conviens.

LE MARQUIS.

Moi militaire & garçon, il me faut bien un grand commun pour tous les jours oififs de ma femaine..... fans cela, qui voudrait s'embourgeoifer?

M. D'OFFREVILLE.

L'expreffion eft neuve.

LE MARQUIS.

C'eft pour ne rien dire de pire. Que penfez-vous, Meffieurs, de ce gros minher de Batave, que j'avais en face? N'eft-ce pas là un convive bien amufant?

LE CONSEILLER.

Et fon difcret commis qui était à ma droite!

LE MARQUIS.

Son air refpectueufement imbécille!

LE CONSEILLER.

Et puis la petite boudeufe!

M. D'OFFREVILLE.

Oh! elle n'eft pas du tout mal.

LE

LE MARQUIS.

A la bonne heure ; mais avisez-vous de lui dire une jolie chose, elle rechigne comme une vieille coquette à qui l'on parlerait de ses quarante ans.

M. D'OFFREVILLE.

Quel contraste burlesque à tous les efforts de la dame pour paraître maniérée !

LE MARQUIS.

Elle est à assommer, à assommer ! ... oh ! si cela était tous les jours aussi absurde, on ne m'y reprendrait pas souvent.

LE CONSEILLER.

Et le fils du logis ?

LE MARQUIS.

Le fils du logis ! un petit fat qui s'idolâtre, & qui n'a pas le sens commun.

LE CONSEILLER.

Jouant les grands airs , l'étourderie !

LE MARQUIS.

L'étourderie maussade ! d'ailleurs un sot , une dupe.

M. D'OFFREVILLE.

Si j'en crois certain bruit , cela n'ira pas loin.

LE MARQUIS.

Comment donc ?

M. D'OFFREVILLE.

Sortons , je vous dirai cela. On parle d'embarras ; il circule par la ville certaine rumeur entre les gens d'affaires. ...

H

LE MARQUIS.

Sortons, Meſſieurs, fortons.

LE CONSEILLER.

Ma foi, Meſſieurs, je vous ſuis.

***

SCÈNE IV.

LA FLEUR, (ſeul.)

BON, Meſſieurs les amis de la maiſon, ap-puyés : cela s'appelle payer ſon écot en monnoye courante . . . . . oh ! vous avez bien raiſon ; mon cher maître effectivement mérite bien la petite no-tice ; & même on pourrait aller plus loin. Le chien ! le bourreau ! m'avoir encore enlevé ces billets au porteur, dont le bon homme de père..... J'avais bien affaire auſſi d'aller le lui dire ! oh ! oh ! pour comble de maux, voici les honnêtes gens à qui le produit en était deſtiné. S'ils ne l'ont pas rencontré en fortant, ils courront encore long-tems pour être payés. Ecoutons les d'abord à l'écart.

SCÈNE V.

SERREMAILLE, RAMASSON.

RAMASSON.

OH ventre bleu, je m'ennuye de toutes ces re-
mifes-là ! Il me payera aujourd'hui, ou nous
verrons.

SERREMAILLE.

Fut-il encore plus fils d'échevin, qu'il ne l'eft,
monfieur Ramaffon ; il faut qu'il me fatisfaffe.

RAMASSON.

C'eft bien affez des grands feigneurs qui nous
payent de belles paroles. Si tous ces nobles en
herbe s'en mèlent auffi, le métier ira bientôt
trop mal pour s'en embaraffer ! n'eft-il pas vrai,
mon confrère ?

SERREMAILLE.

Sans doute ; d'ailleurs cela eft encore trop près
de l'aune & du comptoir, pour s'y fier.

RAMASSON.

Oui, oui ; paffe encore, quand il y a dans une
famille des hautes futayes qu'elle a vu croître de
père en fils, de vieux châteaux à l'abri dés re-
traits.

SERREMAILLE.

C'eft bien dit. Quand la pelotte eft affez grof-
fie, on décrète, on abat, on démolit.

RAMASSON.

Ah! quelquefois on s'y loge.

SERREMAILLE.

Et l'on devient feigneur châtelain.

RAMASSON.

La belle chofe, monfieur Serremaille, que de pouvoir dire ma terre, mes droits, mon parc, mon château !

SERREMAILLE.

Oui, ça confole bien d'avoir travaillé !

RAMASSON.

Ah ça, entre nous ; combien vous eft-il du, mon confrère ?

SERREMAILLE.

Une bagatelle au fond ; comme tous les acquêts font tous frais, je n'ai pas voulu rifquer là-def-fus, comme fur une poffeffion du tems des croi-fades.

RAMASSON.

C'eft très-prudemment fait à vous. Il faut pour-tant bien aider un peu à la lettre, pour peu qu'on veuille travailler ; fi l'on exigeait toujours des prefcriptions comme cela, il faudrait voir fou-vent fon argent refter oifif.

SERREMAILLE.

Et vous, compère, pour combien ?

RAMASSON.

Moi ! quatre-vingt mille livres & les intérêts ..... eh ! je ne viens chercher qu'un à-compte.

SERREMAILLE.

Ni moi non plus. Il m'eſt dû, ſuivant la te-
neur de la reconnaiſſance, cent trente-mille livres
au principal tout ſeul ; & attendu que j'ai prêté
ladite ſomme ſans intérêts pour le premier mois ....
ah ! mais voici monſieur La Fleur.

SCÈNE VI.

Les mêmes, LA FLEUR.

LA FLEUR.

Serviteur, monſieur Ramaſſon : bon jour,
monſieur Serremaille. Eh bien, comment vont
les affaires ?

SERREMAILLE.

Les affaires ! oh par la ſanbleu. . . . .

LA FLEUR.

Oui, oui, les affaires ; car avec vous, Meſſieurs, c'eſt toujours par là qu'il faut commencer,
& puis la ſanté. . . .

SERREMAILLE.

La ſanté ?

LA FLEUR.

Et la vôtre, monſieur Ramaſſon ? Il ne faut pas
le demander. Vous avez un teint frais & repoſé ;
à votre âge, c'eſt un plaiſir.

RAMASSON.

Laiffons-là mon âge & mon teint. Avez-vous
mon argent?

LA FLEUR.

Votre argent! ah que je voudrais bien l'avoir,
monfieur Ramaffon, pefte! Comme je ferais bientôt feigneur d'une belle terre à clocher!

RAMASSON.

Il n'eft pas queftion de cela. Avez-vous l'argent
que votre maître me doit?.... Car auffi bien, il
m'eft impoffible de le trouver au logis.....

LA FLEUR.

Oh! il fort fouvent & de bon matin; mais aujourd'hui, Meffieurs, vous ferez agréablement dé-
dommagés de la peine que vous venez de prendre.

SERREMAILLE.

Il y eft donc?

LA FLEUR.

Non, il ne rentrera peut-être pas de tout le
jour.

SERREMAILLE.

Oh! pourvu que l'argent y foit!

LA FLEUR.

Il n'y a pas le fol chez lui.

SERREMAILLE, (*brufquement.*)
Adieu.

RAMASSON, (*de même.*)
Serviteur.

LA FLEUR, (*les ramenant.*)

Un moment, s'il vous plaît, un moment. Votre argent eft. . . .

TOUS DEUX, (*avec empreffement.*)

. Où ?

LA FLEUR.

Chez vous, au moment où je vous parle.

SERREMAILLE.

Eh par la ventre-bleu, j'en fors !

RAMASSON.

Il fe mocque, compère, je fuis venu tout droit
ici.

LA FLEUR.

Eh bien, vous vous ferez croifés.

SERREMAILLE.

De l'argent ! oh je l'aurais vu !

RAMASSON.

Parbleu, je l'aurais fenti, moi !

LA FLEUR.

Il eft pourtant très-certain que mon maître eft
forti pour aller vous remettre de l'or en barre :
ce font bons billets à vue, au porteur, échappés
du porte-feuille de monfieur Girard.

SERREMAILLE.

Il nous en conte, monfieur Ramaffon.

RAMASSON.

A d'autres, monfieur Serremaille ; à d'autres.

LA FLEUR.

Non, Meffieurs, non; écoutés moi. Surtout
ne faites point de bruit dans ce logis: fi vous
voulez être payés, motus. C'eft du comptant.

SERREMAILLE.

Moi, je ne dis mot.

RAMASSON.

Je fuis muet.

LA FLEUR.

Bon, comme cela. Pour vous convaincre, faut-
il vous dire tout.... qu'en faveur d'un très-grand
mariage, le bon homme nous a lâché de quoi arranger nos affaires; que vous toucherez aujour-
d'hui une forte fomme; qu'auffi-tôt le conjungo
prononcé, maître d'une tonne d'or, nous fol-
dons avec vous .... que .... allons, allons,
Meffieurs.....

RAMASSON.

Mais fi l'on était affuré....

LA FLEUR.

Oh par tous les diables, fi je vous mens, vous
n'aurez qu'à faire tout ce qu'il vous plaira.

SERREMAILLE.

Si l'on pouvait compter....

LA FLEUR.

Compter! chut. Voilà le beau-père. Pour Dieu,
point d'efclandre, ou vous nous forcerez à vous
faire banqueroute.

SCÈNE VII.

Les mêmes, M. BERTOLIN.

LA FLEUR, (*bas à Ramaſſon.*)

PRENEZ l'air d'importance & de prud'hommie d'un gros agent de change ; offrez moi de l'argent, des effets. ... J'ai mes raiſons .... vous ne riſquez rien. Je ne vous prendrai pas au mot.

M. BERTOLIN, (*dans le fond de la ſcène à part.*)

Voilà ſon valet, il parle avec réflexion à ces gens-là ; ne ſerait-ce point quelques Raffles encore ? prêtons l'oreille.

LA FLEUR, (*bas à Serremaille.*)

Parlez-moi, vous, d'argent qu'on nous doit ; il y a un mois d'intérêts à gagner en ſus ... (*haut.*) oui, oui, Monſieur ; mon maître a tout le tems d'attendre, on peut garder ces fonds-là encore dix-huit mois ... nous avons cru hier en avoir beſoin, c'était une fauſſe allarme. .... Nous pourrons même mettre encore dans cette affaire dix-mille écus de nos épargnes au bout de l'an.

SERREMAILLE.

Monſieur.

LA FLEUR.

Diable, mais c'eſt un fort bon emploi, allez, monſieur Serremaille, allez ... (*bas*) allez chez vous, on vous y portera de l'argent avant le foir. (*Serremaille fort*) (*haut.*) & vous, Monfieur, ah ! vous voulez placer entre nos mains ; vous n'êtes vraiment pas le feul, vous n'êtes pas le feul.

RAMASSON.

Monfieur, je vous demande....

LA FLEUR.

Oui, je vous ai fort bien compris. La fomme eft confidérable ; c'eft un vieux garçon, n'eft ce pas ? à la bonne heure, nous pourrons nous en charger : à revoir. (*bas*) Et vîte, détalez ; votre argent vous attend peut-être.

RAMASSON.

J'y cours, Monfieur, j'y cours. (*Il fort.*)

LA FLEUR, (*à part.*)

Ces marauds-là m'ont fait trembler !

SCÈNE VIII.

M. BERTOLIN, LA FLEUR.

(*M. Bertolin s'avance lentement.*)

LA FLEUR, (*comme s'il était feul.*)

OUF, quel maudit métier ! parbleu, on n'a pas le tems de refpirer ! Monfieur mon cher patron, fi ceci continue, oh ! il vous faudra au moins deux caiffiers & fix commis .... ma foi ce monfieur Bertolin fait une belle dot à fa fille, mais il aura-là auffi un gendre épouvantablement riche ! quel contrafte pourtant ! cela n'eft pas croyable, à moins d'y voir & d'y toucher comme moi ; briller comme un feigneur, agioter comme un banquier, dépenfer, il eft vrai, d'un côté, mais théfaurifer comme un juif de l'autre ! (*en faifant un mouvement pour fe retourner, il heurte M. Bertolin qui fe trouve près de lui.*)

M. BERTOLIN.

Eh bien ! eh bien !

LA FLEUR.

Ah pardon, Monfieur, je ne favais pas..... Je vous croyais encore à table ... j'ai fi grande hâte.... excufez-moi, Monfieur. (*à part.*) Eh vîte, eh vîte, allons encore jetter un coup d'œil fur le cours que prendront les billets. (*Il fort.*)

SCÈNE IX.

M. BERTOLIN, (*après une paufe pendant laquelle il doit fuivre La Fleur des yeux.*)

ET quatre !.... parbleu, voilà un coquin bien fécond en ftratagêmes. ... Ceci a pourtant un air de vraifemblance ; fi j'étais fur qu'il ne m'eût pas vu, voilà qui donnerait quelque fondement à la bonne opinion du père... non, non, cela ne fe

peut pas ..... un étourdi , un petit-maître noté
avoir un crédit ! ... Le piége eft groffier. Allons
bride en main , & puifque j'ai accordé la journée,
examinons tout attentivement.

SCÈNE X.

Le même , M. FRANCIN.

M. BERTOLIN.

QUE vois-je! ah c'eft mon cher Francin! mon
ancien ami! le camarade de ma jeuneffe!

M. FRANCIN.

Eh oui, Bertolin, c'eft moi; après dix-huit
années d'abfence, quel plaifir pour moi de vous
embraffer à Paris !

M. BERTOLIN.

Quelle que foit mon antipathie pour ce féjour
maudit de la folie & du tumulte, la fatisfaction
de vous y voir me le rend cher : embraffons nous
encore une fois.

M. FRANCIN.

A l'inftant même où j'ai fu que vous y étiez arrivé , je me fuis hâté.

M. BERTOLIN.

J'ai débarqué ici hier au foir ; & dès le matin,
j'ai été vous chercher : vous l'a-t-on dit ?

M. FRANCIN.

Oui, mon ami, auſſi-tôt que je ſuis rentré. Aucune conſidération n'a pu rallentir mon impatience; mais il fallait que ce fut pour vous, car il y a bien long-tems que je n'ai touché le ſeuil de ce logis.

M. BERTOLIN.

Bon! je vous y croyais intime.

M. FRANCIN.

Si peu, que depuis plus de vingt ans, je n'y ai pas mis le pied.

M. BERTOLIN.

Vous me ſurprenez fort. Vous ne me parlâtes point de ce refroidiſſement, lors de votre voyage en Hollande.

M. FRANCIN.

J'avais mes raiſons.

M. BERTOLIN.

Entre nous, j'y vois bien des choſes qui me déplaiſent; mais Girard eſt un bon homme, & c'eſt pitié. . . . .

M. FRANCIN.

D'accord de tout cela : mais. . . .

M. BERTOLIN.

Mais quoi! quelque affaire d'intérêt! quelque procès!

M. FRANCIN.

Graces au Ciel, je n'en eus de mes jours. Non, je m'en ſuis éloigné par une cauſe qui ne ſubſiſte

plus.... Je prévois même que les caufes contrai-
res font à la veille de m'en rapprocher.

M. BERTOLIN.

Je ne vous devine pas.

M. FRANCIN.

Jufqu'à-préfent, mes motifs véritables ont été
un fecret pour tout le monde ; & vous êtes le
premier à qui il eft important d'en faire part.

M. BERTOLIN.

Je vous écoute.

M. FRANCIN.

Au bout de deux années d'une union bien af-
fortie & parfaitement heureufe, vous favez que le
bon homme Girard perdit feue ma fœur ; il ne
mit qu'un intervalle affez court entre cette perte &
un fecond engagement. Je ne fais quelles raifons,
dont il ne me fit point de part, lui firent précipiter le choix qu'il alla faire dans une famille où
le fafte & la folle vanité étaient les péchés d'habitude. Je continuai pendant quelques mois de fré-
quenter fa maifon : bientôt je m'apperçus que je
n'étais pas au ton qu'on y avait pris. La nouvelle
madame de Menneville (car elle avait abjuré le
nom modefte de Girard) m'y voyait d'affez mauvais œil ; on avait mis mon petit neveu dans une
penfion de campagne ; bref, je me tins à l'écart :
on ne parut pas s'en appercevoir ; je n'y revins
plus.

M. BERTOLIN.

Vous fites fenfément ; j'en aurais agi de même.

M. FRANCIN.

Le jeune Renaud. . . .

M. BERTOLIN.

Ah, l'excellent jeune homme, que vous m'a-
vez donné-là !

M. FRANCIN.

J'ai toujours efpéré. . . . .

M. BERTOLIN.

Econome, fobre, prudent. . . . .

M. FRANCIN.

Je. . . .

M. BERTOLIN.

Grand travailleur. . . .

M. FRANCIN.

Je fuis bien aife. . . . .

M. BERTOLIN.

Et fort joli garçon. . . .

M. FRANCIN.

Il promettait. . . .

M. BERTOLIN.

Il a morbleu bien tenu. Sans prétentions avec
cela, & d'une modeftie ! . . .

M. FRANCIN.

Il eft donc bien différent de nos jeunes gens ?

M. BERTOLIN.

Oh ! je vous en réponds ; auffi je l'aime comme
s'il était mon fils, j'en fuis fi fatisfait que je compte

l'affocier à mes affaires, car je me fais vieux, mon ami, & j'ai befoin de repos.

M. FRANCIN.

C'eft confolant d'avoir au moins quelqu'un de fûr.

M. BERTOLIN.

Sûr! fûr! il vaut fon pefant d'or. Je vous avoue même, dans l'effufion de mon cœur, que fans certains fcrupules .... mais ne penfons pas à cela, c'eft un regrêt inutile.

M. FRANCIN.

Que voulez-vous donc dire?

M. BERTOLIN.

Avec un auffi bon efprit, une âme auffi honnête, un extérieur auffi heureux.... enfin c'eft dommage. ...

M. FRANCIN.

Quoi dommage?

M. BERTOLIN.

Eh vous m'entendez, vous m'entendez...... allez, mon ami, je vous dévine; il me fouvient que vous étiez un compère.... vous favez bien que je ne fuis pas homme à faire grande attention à l'antiquité de la race, aux fiefs, aux écuffons; je laiffe le bon homme Girard donner dans tout ce fatras..... mais encore faudrait-il qu'un jeune homme eût une famille !

M. FRANCIN.

Ah doucement. Il ne vous faut qu'une famille ? Oh bien, Renaud en a une qui peut aller de pair....

M. BER-

M. BERTOLIN.

Eh oui, mon ami, eh oui ! perſonne ne diſ-
pute cela. (*d'un air ironique.*) Mais quant à la
façon dont il y tient ! ....

M. FRANCIN.

Patience, mon ami, patience.

M. BERTOLIN.

Tenez, tenez, le voici.

SCÈNE XI.

Les mêmes, RENAUD.

RENAUD, (*volant dans les bras de M. Francin.*)

Monsieur Francin ! mon cœur le reconnait !
ah Monſieur !

M. BERTOLIN, (*à part.*)

Il a beau dire ! ... nature ! Il n'eſt pas poſſible de s'y méprendre.

M. FRANCIN.

Je ſuis enchanté, mon Renaud, de te voir ſi
grand & ſi bien formé ; & ſurtout, mon pauvre
enfant, que tu ayes ſi bien mérité l'eſtime de ton
patron.

I

RENAUD.

Monsieur, je n'ose me flatter qu'elle soit le prix de mes foibles services; j'en reçois les marques avec reconnaissance, comme la récompense de mon zèle.

M. BERTOLIN.

Tenez, tenez, mon ami; voici encore ma Marianne.

SCÈNE XII.

Les mêmes, MARIANNE.

M. FRANCIN.

QU'ELLE est belle & modeste! c'est la douceur & la sérénité de sa mère.

M. BERTOLIN.

Ah! mon ami, il n'y a qu'elle aussi qui ait pu me consoler de cette perte. Salue Monsieur, ma Marianne; c'est un bon ami, c'est un allié.

M. FRANCIN.

Oui, belle Marianne, je puis me flatter de ce double avantage.

MARIANNE.

Monsieur, il m'est bien sensible d'avoir l'occasion d'honorer tout ce qui est aussi cher à mon père.

M. BERTOLIN.

Oui, c'est bien dit, mon enfant. Le brave
Francin m'est effectivement très-cher, & je veux
que tu l'aimes presqu'autant que moi. Ah çà, mon
ami, nous avons assez de choses à nous dire pour
aller passer une heure ensemble dans mon appartement.

M. FRANCIN.

Je désire vivement cet entretien, & je suis sûr
que vous en serez content.

RENAUD, (*à M. Bertolin.*)

Monsieur, ne faudra-t-il pas?....

M. BERTOLIN.

Oui Renaud, oui mon ami, vas de ce pas chez
Vanharbourg, & tu rapporteras.... tu fais

(*Tous les acteurs sortent par différents côtés.*)

FIN du quatrième Acte.

ACTE V.

SCÈNE PREMIERE.

LA FLEUR, (*seul.*)

J'AI beau aller & venir ; où s'eſt-il donc fouré ?
Voilà pourtant le jour critique qui tire vers ſa fin.
Mes promeſſes ont déja tout l'air de celles que j'ai
faites ſi ſouvent ; auſſi les créanciers ſont furieux...
Que dit actuellement le père ? Oh aſſurément le
Hollandais le pouſſe, & lui donne de l'éguillon.
Nous ſommes perdus ſans reſſource ..... Du
moins, ſi j'avais ſu me taire ſur les billets ! Ma
foi, j'ai cru le toucher, & l'amener à repentance !
bon, à repentance ! un petit-maître qui ſe mêle de
philoſophie ! .... je m'y connais mal, ou il eſt
engagé dans quelque tripot fraichement décou-
vert ..... Mais quel eſt ce perſonnage ? ....

SCÈNE II.

Un DOMESTIQUE, LA FLEUR.

LE DOMESTIQUE.

N'EST-CE pas vous qui vous nommés La Fleur ?

LA FLEUR.

Oui : qu'y a-t-il ?

LE DOMESTIQUE.

Hâtez-vous de me suivre ; vous le saurez.

LA FLEUR.

Et où donc, s'il vous plaît ?

LE DOMESTIQUE.

Venez toujours. C'est de la part du marquis de Menneville.

LA FLEUR.

Oh le bourreau ! j'en étais sûr ; ce messager-là a l'air & le ton sinistre ; je parierais que tout est flambé, ou pour le moins en grand danger de l'être.

SCÈNE III.

M. GIRARD, (*voyant La Fleur fortir.*)

EH bien! où court-il fi vîte? La Fleur...
La Fleur! Il ne m'entend pas. Son maître n'arrive
point ..... que puis-je augurer des allées & des ve-
nues de l'un, & du retard de l'autre? Aurais-je
véritablement été dans une illufion pernicieufe?....
La Fleur, ce matin encore .... il m'a peut-être
trompé .... hola, quelqu'un!

SCÈNE IV.

Les mêmes, CLAUDIN.

CLAUDIN.

AVEZ-vous appellé, Monfieur?

M. GIRARD.

Montez chez mon fils, qu'on le cherche, qu'il
defcende.

CLAUDIN,

Oui, Monfieur. (*à part.*) Voici du nouveau:
notre bourgeois gronde en parlant de notre jeune
Monfieur. (*Il fort.*)

M. GIRARD, (*feul.*)

Je ne fais ; mais depuis tout ce qui s'eſt paſſé vis-à-vis de monſieur Bertolin, il me vient de vives allarmes. Quoi ! depuis ſix ans, je me ferais aveuglé ſur le fond de la conduite de Menneville ? . . . . Il me revient malgré moi cent traits à l'eſprit, que j'ai traités de bagatelles, & que j'ai eu tort de ne point approfondir. Je me flattais qu'il avait au dehors ſeulement les défauts du tems . . . . mais ſi . . . . .

CLAUDIN, (*en rentrant.*

Monſieur, Notre jeune Monſieur n'y eſt pas.

M. GIRARD.

Il n'y eſt pas !

CLAUDIN.

Non, Monſieur. (*monſieur Girard reſte abſorbé.*) Si j'oſais . . . . Monſieur. C'eſt que . . . . je l'ons vu ſortir & rentrer deux fois d'une manière qui ne nous revient pas ; & puis, par après, il eſt encore ſorti, & puis il n'eſt plus rentré, tant-y-a que ça nous tracaſſe.

M. GIRARD.

Sorti une troiſième fois, ſans être rentré ! . . . à quelle heure ?

CLAUDIN.

Comme tout le monde était à table.

M. GIRARD.

Allez . . . . (*à part.*) Je ſuis joué ; La Fleur eſt un fourbe. Il . . . . . mais au fond, dans les circonſtances préſentes, à quoi cela aboutirait-il ?

Oh ! ce feront des tracafferies de ces malheureux créanciers, des craintes ; peut-être le foin & l'empreffement de fortir d'affaire avec ces peftes de la jeuneffe. (*Il réfléchit.*)

SCÈNE V.

Le même, M. BERTOLIN.

M. BERTOLIN, (*fans voir M. Girard.*)

CE Francin eft un homme plein de prudence & de vertu.... Je fuis honteux de mes idées. Ah ! un vieux garçon dans ce pays-ci eft toujours fufpect. Mais il m'a donné de fi bonnes preuves... qui diable aurait été fe douter ? .... foyons prudent : voici notre pauvre ami. .... Comme il eft penfif ! eh bien ! vous rêvez, mon cher Girard ?

M. GIRARD.

Oui, j'étais occupé.....

M BERTOLIN.

Je fuis importun peut-être.

M. GIRARD, (*le prenant par la main.*)
Non, mon cher ami, jamais.

M. BERTOLIN.

Je fuis impatient de voir arriver Renaud ; je l'ai chargé d'une affaire.

M. GIRARD.

Vous me paraiffez chérir beaucoup ce garçon-là.

M. BERTOLIN.

C'eſt qu'il le mérite, mon ami. Si vous le con-
naiſſiez comme moi, vous l'aimeriez encore
plus tendrement.

M. GIRARD.

Le voici, je vais vous laiſſer.....

M. BERTOLIN.

Non pas, s'il vous plaît, je n'ai rien de caché....

SCÈNE VI.

Les mêmes, RENAUD.

RENAUD.

JE vous apporte, Monſieur, de fort bons effets pour le montant de vos fonds.

M. BERTOLIN.

Bon, mon ami; il faut convenir que Vanharbourg eſt auſſi expéditif qu'il eſt ſûr. Je lui fais
bon gré de ſa diligence.

RENAUD.

Voici d'abord trois effets ſur Londres, faiſant
enſemble neuf mille livres ſterling.

M. BERTOLIN.

C'eſt tout autant qu'il m'en faut.

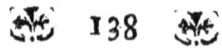

RENAUD.

Voilà encore, en deux lettres de change fur Hambourg, cinquante mille florins.

M. BERTOLIN.

Elles font prefque à vue; c'eft mon affaire.

RENAUD.

Quant à ceux-ci, ce font bons billets au porteur fur la place; ils valent du comptant.

M. BERTOLIN.

Bon, & cela eft bien plus commode.

RENAUD.

Ils ont été faits ce matin à la bourfe; nous les devons à l'empreffement d'un jeune feigneur à qui il fallait de l'or pour un gros pari qu'il a à la courfe d'aujourd'hui... Au refte, ils font reconnus par le tireur qui eft en grand crédit.

M. BERTOLIN.

A merveilles, mon Renaud, à merveilles! va, je te recompenferai bien de tes foins. (*Renaud fort.*)

SCÈNE III.

M. BERTOLIN, M. GIRARD.

M. BERTOLIN.

JE pense à une chose, mon cher Girard ; tous ces billets au porteur forment ensemble un capital équivalent à-peu-près à ma mise dans notre dernière entreprise.... Je vais vous les remettre.

M. GIRARD.

Volontiers. De qui sont-ils ?

M. BERTOLIN.

De... de ... d'Offreville.

M. GIRARD.

J'en avais encore ce matin à peu près pour la même somme ; c'est de l'argent, que ces effets-là..... Mais que vois-je ?....

M. BERTOLIN.

Qu'est-ce donc, mon ami ; ce papier vous ferait-il suspect ?

M. GIRARD.

(*A part.*) Ce sont mes numeros !... (*haut*) non, non, il est très-bon ; au contraire, je le préfére à tout autre.

M. BERTOLIN.

En ce cas, c'est affaire soldée..... Eh bien ! le cher fils, en avez vous des nouvelles ?.....

Peut-être est-il auffi à la courfe ; car un feigneur, comme lui , ne doit manquer aucune des extravagances à la mode.

M. GIRARD.

Je ne le crois pas affez fou pour fe mêler d'un jeu qui ne convient qu'à des grands.

M. BERTOLIN.

Ah ! c'eft la folie générale ; perfonne ne veut plus être moyen.

M. GIRARD, (*à part.*)

Ciel ! je meurs d'inquiétude & d'impatience.

M. BERTOLIN.

Je vous quitte pour un inftant ; j'ai quelques lettres dont Renaud travaille à me débarraffer.

M. GIRARD.

Enfuite , j'aurai befoin d'un moment d'entretien avec vous.

M. BERTOLIN.

En ce cas. . . . .

M. GIRARD.

Non , allez . . . . Voici quelqu'un qu'il faut que j'interroge. . . .

M. BERTOLIN.

Allons. . . . . (*à part.*) Le pauvre homme n'eft pas tranquille . . . . puiffe-t-il fe défabufer , & remédier du moins à tout ceci ! (*Il fort.*)

SCÈNE VIII.

M. GIRARD, LA FLEUR.

M. GIRARD, (*févérement.*)

EH bien, ton maître!

LA FLEUR.

Mon maître, Monfieur?

M. GIRARD.

Oui.

LA FLEUR.

Monfieur..... (*à part.*) Que lui dire? je fuis au bout de mes fubtilités, & je ne me fens plus le courage de lui en impofer.

M. GIRARD.

Eh bien, parle donc!

LA FLEUR.

Il eft ..... ma foi!, Monfieur, je n'en fais rien.

M. GIRARD.

Tu n'en fais rien?

LA FLEUR.

Non, Monfieur, je vous affure.

M. GIRARD.

Et mes billets? Sais-tu ce qu'ils font devenus? Tu as fans doute fuivi mes intentions.

LA FLEUR.

Sur le champ, Monfieur.

M. GIRARD.

Sur le champ?

LA FLEUR.

Demandez les à Monfieur votre fils.

M. GIRARD.

Que je lui demande! & quoi?

LA FLEUR.

Les billets au porteur.

M. GIRARD.

Graces au Ciel, je fais en partie leur fort au moins, puifque les voici.

LA FLEUR.

Quoi, les billets que monfieur Thibaut m'a remis par votre ordre?

M. GIRARD.

Oui, eux-mêmes; & je prétends favoir de toi par quelle avanture ils font revenus jufqu'à moi.

LA FLEUR.

Revenus! ah Monfieur, cette avanture-là ne peut-être que très-heureufe, je tremblais qu'ils ne fuffent en plus mauvaifes mains.

M. GIRARD.

Que veut-il donc dire?

LA FLEUR.

Oh! fans contredit, Monfieur; monfieur de Menneville vous les aura rapportés . . . . il aura gagné, il aura gagné : ma foi, je ne l'aurais pas cru capable d'un procédé . . . . excufez, Monfieur : j'ai l'honneur de vivre avec lui dans une certaine familiarité. --- J'entends quelquefois fortir de fa bouche des maximes. . . . .

M. GIRARD.

Que veulent dire tous ces détours, tous ces alibis ? Répondez à ce que je vous demande.

LA FLEUR.

Cela ne paraît pas avoir befoin de commentaire. La fortune aidant à l'animal fur qui il avait rifqué trois mille louis, le jaquet adverfe fe fera pour notre bonheur caffé le col.

M. GIRARD.

Qu'eft-ce qu'un jaquet adverfe ?

LA FLEUR.

Un jaquet, Monfieur ? C'eft un perfonnage très-intéreffant & très-cher. Comment ? On fe les arrache aujourd'hui plus qu'on ne ferait un bel efprit ; on leur graiffe la patte, comme au fecrétaire d'un rapporteur.

M. GIRARD.

Eh que m'importent les beaux efprits & les jaquets ?

LA FLEUR.

Monfieur, que monfieur de Menneville réuffiffe encore cinq ou fix fois, &.....

M. GIRARD.

Réponds à ce que je te demande. D'abord, pourquoi lui as-tu remis mes billets?

LA FLEUR.

Pourquoi ? C'eſt que ce jeune homme-là a des
manières ſi perſuaſives, que je n'ai pu y réſiſter
malgré vos ordres.

M. GIRARD.

Tu les lui as aſſurément livrés ?

LA FLEUR.

Ah ! Monſieur, j'en porte même quittance ſur
mes épaules. Il m'a fait de ces ſommations aux
quelles, pour leur ſalut, il a bien fallu céder.

M. GIRARD.

Sais-tu ce qu'il en a fait ?

LA FLEUR.

Je ne ſais plus rien, ſi ce n'eſt que vous les
tenez.

M. GIRARD.

Cherche le ſur le champ; qu'il vienne.... ou
je .... je m'entends.... ſuffit.... (*Il ſort.*)

SCENE

SCÈNE IX.

LA FLEUR, (*feul.*)

MA foi, je n'y fuis plus.... Je crois pourtant entrevoir ..... mais ceci devient férieux au moins. le fang du papa bénévole commence à s'échauffer ; tous ces humains endurans font pis que les autres, quand la mefure eft comblée.... Ah! ce ferait donc à dire, mon infatigable patron, que vous aurez été réalifer tout chaud ce dernier fecours de la main paternelle, pour aller gorger d'or quelque efcroc de la Tamife ! ... vous n'en avez pas affez de ceux de votre pays natal ! ... il eft pourtant bien fourni. Mais à travers tout cela, monfieur Ramaffon .... fon confrère Serremaille.... Le par corps! oh parbleu! la journée ne peut guère fe paffer fans quelque cataftrophe .... mais que vois-je? Champagne en défordre, fans chapeau, le juftaucorps fâle & déchiré! oh! nous en tenons, ou je fuis bien trompé.

SCÈNE X.

CHAMPAGNE, LA FLEUR.

LA FLEUR.

COMME te voilà tout effoufflé, mon pauvre Champagne ! . . . . Monfieur eft-il de retour ?

K

CHAMPAGNE.

De retour! ah le pauvre garçon! .... il eſt.....

LA FLEUR.

Il eſt!...

CHAMPAGNE.

Mon caroſſe, mes pauvres chevaux!....

LA FLEUR.

Eh bien ?

CHAMPAGNE.

Tout eſt en fourière.

LA FLEUR.

Quoi, mon maître!...

CHAMPAGNE.

Oh! ils étaient une armée... pour cette fois,
il eſt dedans.

LA FLEUR.

Voilà la cataſtrophe! elle eſt arrivée enfin. J'entends, je crois, le patron. Oh! je n'aurai jamais
le courage de lui apprendre....

CHAMPAGNE.

Tu n'auras pas cette peine-là : toute la maiſon,
tout le quartier en ſont remplis ; la ville & les
fauxbourgs, que ſais-je ? Après les exploits des
chevaux, on ne parle de rien tant que de la folie
des parieurs ; & puis, on vous le brocarde. C'é-
tait bien à lui, dit-on, à faire le grand ſeigneur !

LA FLEUR.

Je l'avais bien prévu. Quand le train de tous
ces Marquis bourgeois ſe ſoutient, il nous revient,
à nous autres malheureux ſerviteurs, des veilles &

les injures du tems. Les affaires font elles emba‑
raffées ? Des maudiſſons & de l'étrille. La bourſe
eſt-elle tout-à-fait vuide ? La porte. Trop heu‑
reux, fi leurs parens daignent nous payer nos ga‑
ges.... J'entends le pere: il approche: fauvons‑
nous.

S C È N E X I.

M. BERTOLIN, M. GIRARD.

M. GIRARD.

VOus aviez raifon, le voile eſt déchiré. Je
vois les affreufes conféquences de ma crédulité &
de ma moleſſe.

M. BERTOLIN.

Oui, mon ami; mais ce n'eſt point un ſtérile
chagrin qu'il faut prendre; c'eſt un parti ferme &
fenſé.

M. GIRARD.

Que faire? Ses diffipations font énormes, fes det‑
tes font criantes; elles abforbent bien au delà de ce
que feuë fa mère lui a laiſſé. J'ai déja plufieurs
fois fait des facrifices très-pefans, & le vuide eſt
encore plus grand que jamais.

M. BERTOLIN.

Avec le tems, mon ami, avec le tems: d'ail‑
leurs en écartant l'ufure & ne payant que ce que
la loi ordonnera, la dette fe réduira au quart.

M. GIRARD.

Après cela, je l'abandonne.... ma févérité fur-paffera mon égarement.... Je n'en puis revenir : croiriez-vous qu'aujourd'hui encore ce malheureux a abufé de ma bonté ? Dans la perfuafion que fes extravagances étaient moins graves, & que ce feraient les dernières, fur l'affurance de fon repentir, je lui avais donné ces mêmes billets que Vanharbourg....

M. BERTOLIN.

Quoi! C'était le jeune feigneur de la courfe ?

M. GIRARD.

Je n'y puis penfer fans indignation.

M. BERTOLIN.

Cela eft fort.

M. GIRARD.

Je ne veux plus le voir.... & je le deshérite.

M. BERTOLIN.

Mon vieil ami, c'eft fortir d'un excès pour fe précipiter dans un autre. Vous favez que je fuis franc; excufez fi je vous dis que votre exceffive condefcendance doit le rendre un peu moins coupable; il faut d'abord tenter de le corriger. Si vous ne réuffiffez pas, à la bonne heure.

M. GIRARD.

Oh! j'en fuis défefperé, & mon regret fera éternel.

M. BERTOLIN.

Pourquoi, Si le mal ne l'eft point? Serrez-le, remettez lui la tête, diffipez toutes ces vapeurs de vanité dont l'enyvrent quelques étourdis qui deshonorent de grands noms. Cette yvreſſe-là fait plus de foux & de diſſipateurs, que toutes les autres paſſions enſemble, dans un ſiècle & dans un pays de luxe. Changez impitoyablement le ton de votre maiſon, faites y rentrer tout le monde dans votre état ; ils apprendront à n'en plus rougir. Perſonne n'en ſortit jamais de cette manière, ſans ſe mettre bien-tôt au-deſſous, au lieu de s'élever au-deſſus.

M. GIRARD.

Cela eſt bien malheureux ; mais n'avait-il pas mon exemple ? car jamais....

M. BERTOLIN.

Tant mieux, c'eſt une avance : ajoutez y de la réſolution, cela fera ſans replique.

M. GIRARD.

Ce fut ma femme, ce fut leur mère, & je fus ſeulement aſſez faible....

M. BERTOLIN.

Votre hiſtoire eſt celle de bien d'autres ici ; c'eſt preſque toujours les femmes qui y apportent cette maladie dans les familles. Ah çà ! vous ſentez-vous déterminé ?

M. GIRARD.

Aidé de vos conſeils, je vous promets plus que de la fermeté.

M. BERTOLIN.

Il ne faut pourtant pas autre choſe. J'apperçois votre fille... ſouvenez-vous de vos réſolutions ;

les femmes fur ce chapitre font plus recalcitrantes
que les hommes.

M. GIRARD.

Je fens qu'il faut commencer par elle à m'expliquer.

SCÈNE XII.

Les mêmes, Madame LELEU.

Madame LELEU.

AH Monfieur!... votre fils eft perdu.

M. GIRARD, (*froidement.*)

C'eft un petit malheur, s'il l'a mérité.

M. BERTOLIN, (*bas à M. Girard.*)

Bon. Continuez; ferme!

Madame LELEU.

Comment! vous pourriez fouffrir.....

M. GIRARD.

Oui, tout ce qui eft jufte.

M. BERTOLIN, (*bas à M. Girard.*)

Très-bien.

Madame LELEU.

Mais, fongez-vous qu'un jeune homme d'un
état & d'une condition!...

M. GIRARD.

Condition tant qu'il vous plaira ; il n'en eft pas qui doive tenir contre celle de payer fes dettes, de fe comporter en bon fils, en honnête homme, en citoyen.

M. BERTOLIN, (*à part.*)

A merveilles.

M. GIRARD.

Ma fille, je fuis moins pénétré du malheur arrivé à votre frère, que de voir qu'il fe foit oublié dans tous ces points.

Madame LELEU.

Mais, Monfieur, il n'eft pas aujourd'hui un jeune homme d'un certain étage à qui ces miféres-là n'arrivent. Je ne vois pas ce qu'il y a de fi criminel.....

M. GIRARD.

Commençons, s'il vous plaît, par laiffer ce ton-là.... Je n'aime point ce *Monfieur* que vous me prononcez d'une maniere fi augufte. Je veux que mes enfans m'appellent leur père, parce que je defire qu'ils fe fouviennent que je le fuis : enfuite, ma fille, pour couper court à toutes vos remontrances, il faut que je vous dife que je m'apperçois du tort que j'ai eu de fouffrir depuis vingt ans tout cet étalage & ces tons falots de qualité que feue votre mère a introduits dans ma maifon, & je vois l'abus des airs de grandeur qu'on s'y eft donnés.

Madame LELEU.

Il ferait beau vraiment de nous revoir petits bourgeois ! que dirait le monde ?....

M. BERTOLIN.

Tout ce qu'il voudra. Le fuffrage des foux ne m'inquiéte guère, celui des hommes fenfés ne manque jamais à ceux qui rentrent dans les bornes, quand ils ont eu le malheur de s'en écarter. En un mot, tranchons : puifque vous êtes fi éloignée de ma façon de penfer, il faut vous parler net ; vous avez un mari, vous en dépendez. Si ce train de vie, & furtout cette volée d'étourneaux du bel air que vous m'attirez fans ceffe ici, lui conviennent & à vous auffi ; vous aurez votre chez vous .... pour Menneville, j'aurai foin d'écarter les occafions.

Madame LELEU.

Monfieur, ce langage m'étonne ; vous êtes le maître ; car je ne vois pas qu'une femme comme moi.....

M. GIRARD.

Une femme comme vous ! une femme comme vous a caufé tous mes chagrins.

Madame LELEU.

Vous trouverez bon, Monfieur, que je vous prie de vous expliquer avec monfieur Leleu.

M. GIRARD.

C'eft mon intention.

Madame LELEU.

En ce cas, j'attendrai.... (*à part.*) C'eft cet animal là qui vient réveiller tous les gouts bourgeois de mon pauvre père. (*elle fort.*)

SCÈNE XIII.

Les mêmes, un LAQUAIS.

LE LAQUAIS.

Monsieur, il y a là un monsieur Francin.

M. GIRARD.

Francin ! je m'étonne. ... qui peut l'amener ? il prend mal son tems.

M. BERTOLIN.

Ce fut autrefois votre meilleur ami ; il ne vient probablement pas pour vous affliger, il faut le voir..... C'est un bourgeois, mon ami, qui n'a point rougi de l'être ; il n'est point au nombre des proscrits.

M. GIRARD.

Vous avez raison, il faut qu'il ait quelque service à me rendre. Notre refroidissement ne m'a jamais fait oublier combien il aimait à faire du bien.

LE LAQUAIS, (*qui doit avoir attendu à l'écart.*)

Faut-il qu'il entre, Monsieur ?

M. GIRARD.

Oui.

SCÈNE XIV.

Les mêmes, M. FRANCIN.

M. FRANCIN.

MON frère !

M. GIRARD, (*l'embraſſant.*)

Ce nom qui me pénétre, m'apprend que vous avez oublié mes torts.

M. FRANCIN.

N'y penſons plus. Je viens partager vos peines. Hélas ! mon ami, dans le tems où je les ai prévues, il aurait été impoſſible d'y apporter reméde, ſans porter atteinte à votre paix domeſtique. Ce perſonnage m'a paru incompatible avec la qualité de frère de votre première femme. D'ailleurs, j'aurais peut-être échoué. Affranchi aujourd'hui de cette crainte, je viens eſſuier vos larmes.

M. GIRARD.

Vous ſavez donc que ce malheureux enfant vient d'eſſuier un affront hélas ! trop mérité. Auſſi je prétends qu'il ſubiſſe. . . . .

M. FRANCIN.

Un châtiment raiſonnable. . . . .

M. GIRARD.

Qu'il ne ſe préſente jamais devant moi. Sa préſence affligerait, à chaque inſtant, ma vieilleſſe infortunée. Je fuis défefpéré.... il faudra donc feul & ifolé, pleurer. . . .

M. BERTOLIN.

Ecoutez Francin, mon ami, écoutez le.

∞∞∞∞∞∞∞∞∞∞∞∞∞∞∞∞∞∞∞∞∞∞∞∞

SCÈNE XV, & dernière.

Les mêmes, MARIANNE, RENAUD.

M. FRANCIN, (à Renaud & à Marianne, qui après s'être avancés fur la fcène, font un mouvement pour fe retirer.)

EH non! mon ami, approche. Et vous, belle Marianne, venez vous joindre à nous pour confoler un père affligé.

RENAUD.

Je craignais d'être indiscret.

M. FRANCIN.

Non! non!.... mon cher Girard, le ciel vous a affligé dans un de vos enfans. Le mal cependant n'est plus si grand. Mon amitié a cru deviner vos intentions. J'ai tranché avec les fangfues qui l'avaient abîmé; j'ai armé la vigilance du miniftére public contre les fripons qui l'avaient efcroqué; en un mot, il en fera quitte pour le quart de ce qu'il avait contracté de dettes en dupe. Quant au jeune homme, il a befoin d'éloignement & de correction. Le tems changera fon caractère, &

l'abfence effacera le fouvenir de fes folies dans l'efprit de ceux qui en furent témoins. Voici un ordre pour l'éloigner & lui faire paffer quelque tems dans nos colonies.

M. GIRARD.

Mon ami, vous avez vu tout cela avec fageffe, & la punition n'eft que trop douce. ... Cruelle extrémité pour un père ! faut-il !...

M. FRANCIN.

Dites-moi un peu, mon cher Girard, ne re-trouvez-vous pas quelques traces de ce fentiment fi profond & fi tendre pour un pauvre enfant per-du en bas âge ?

M. GIRARD.

Ah ! mon cher Francin, que me dites-vous là ? fi le Ciel m'eut laiffé cette confolation , il retra-cerait fans doute à mes yeux le caractère d'une mère aimable & modefte. ...

M. FRANCIN.

Eh bien ! père moins malheureux que vous ne penfez , apprenez. ...

M. GIRARD.

Je fuis tout ému. ... achevez.

M. FRANCIN.

Apprenez que mes foins vous l'ont confervé ; & que , tandis que je viens d'éloigner de vous un enfant dont l'éducation à corrompu le naturel, je veux vous confoler en vous en rendant un autre dont les foins d'un ami ont fait tout ce qu'un père comme vous pouvait defirer.

M. GIRARD.

Serait-il bien possible ?. . . Expliquez-vous, de grace.

M. FRANCIN.

Votre seconde femme, vous le savez, avait fait exiler ce pauvre enfant de la maison paternelle. Je prévis tout ce qu'il avait à attendre d'une marâtre frivole & sans sentiment ; je sentis les dangers que courait votre maison sous une maîtresse fastueuse & hautaine, & je me doutais qu'elle serait en même tems pour cet enfant un séjour désagréable & une mauvaise école. Alors je résolus de m'en emparer. Pour cela, j'engageai l'honnête femme aux soins de qui il était confié, à me le remettre & à divulguer le bruit de sa mort. Celle d'un enfant qu'elle avait, arrivée à peu près vers ce tems, nous aida à donner un fondement à cette feinte ; & comme votre épouse prenait peu de part à l'événement, on ne chercha point à l'approfondir. J'ai eu soin de constater les faits d'une manière secrète, mais irrécusable ; & voici. (*Il montre des papiers.*)

M. GIRARD.

Hâtez-vous donc de me dire si le Ciel a secondé vos soins en me conservant. . . .

M. FRANCIN.

Oui, vous le reverrez digne de vous : c'est le sobre & judicieux Bertolin qui l'a formé. Si j'ai conservé votre fils, il en a fait un homme, &....

M. GIRARD.

Quelle voix se fait entendre au fond de mon

cœur!... (*regardant Renaud qui eſt tout en larmes*) aimable & bon jeune homme.... êtes vous mon fils ?

M. FRANCIN.

Cette voix ne vous trompe point. Oui, c'eſt lui.
(*Renaud tombe aux genoux de M. Girard qui le ſerre dans ſes bras ; après une pauſe, Renaud reprend.*)

RENAUD.

Ah ! mon père.

M. GIRARD.

Mon cher enfant !

M. BERTOLIN.

Il n'eſt pas juſte qu'en retrouvant un fils dont j'ai pris tant de ſoins, j'en perde tout-à-fait le fruit ; pour qu'il ſoit auſſi le mien, je ſatisfais au déſir ſecret de mon cœur en lui donnant ma Marianne.

M. GIRARD.

Mes amis, ſi ma joye pouvait être ſans mèlange, elle ſerait trop parfaite.

RENAUD, (*à Marianne.*)

Cette union, belle Marianne, eſt l'eſpoir le plus doux que puiſſe m'offrir le changement de mon ſort ; mais ſi elle était contraire à vos déſirs, je conjurerais moi-même le meilleur des pères....

MARIANNE.

Avez-vous jamais rien vu qui puiſſe vous le faire penſer ?

M. BERTOLIN.

Oh ! je me fuis quelquefois douté du contraire.
Mais je te pardonnais au fond de mon cœur,
parce que je te connaiffais difcrete & fage: d'ailleurs, j'étais un peu amoureux de ce garçon ,
auffi moi; & malgré quelques fots foupçons dont
je demande bien pardon à notre ami Francin, je
ne fais où cela m'aurait conduit.

RENAUD.

Belle Marianne, fi mes yeux m'ont quelquefois trahi, malgré le refpect qui aurait du moins
impofé à ma bouche un éternel filence , vous avez
dû y lire que cet inftant eft le plus inefpéré & le
plus beau de ma vie.

M. GIRARD.

Pourquoi faut-il qu'il ne me rende pas heureux ?
Sans le mélange cruel.....

RENAUD.

Soyez-le , mon père.... mon frère eft votre
fils , vos bontés le rappelleront à fon devoir.

M. GIRARD.

La pente vers le mal eft rapide , mon enfant ;
un retour folide & réel vers le bien ne faurait
être l'ouvrage d'un jour. Quand je me ferai affuré qu'il vous reffemble, il aura fon pardon. Vous,
mes dignes amis , aidez-moi à effacer par une
fermeté raifonnée le mal qu'ont caufé mon aveuglement & ma condefcendance. Mon cœur a befoin de vos confeils.

M. BERTOLIN.

Vous favez que je ne les épargne pas

APPROBATION.

J'ai lu le *Train de Paris*, &c. comédie par Mr. le chevalier RUTLIDGE; je crois que le public en verra l'impreſſion avec plaiſir. A Yverdon, ce 23 Août 1777.

PILLICHODY, *Aſſeſſeur - Baillival,*
Cenſeur.

AVERTISSEMENT
des Éditeurs.

Nous avons été étonnés, à la lecture de cette comédie, du grand nombre de fautes qui avaient échappé au correcteur de notre imprimerie, tant pour les choses, que pour l'ortographe, la ponctuation & les accens. Nous nous sommes trouvés dans la nécessité de suppléer, dans quelques endroits, par des cartons; & pour réparer autant qu'il est possible, les fautes moins graves qui sont répandues dans l'ouvrage, nous prions les lecteurs de jetter un coup d'œil sur cet *errata*, où nous avons pris soin de les indiquer en gros, sans cependant y comprendre les accents & la ponctuation; ce qui aurait été impossible. Au reste, nous prions le public de ne pas nous attribuer cette édition fautive, & de compter sur plus d'exactitude pour celles que nous lui offrirons à l'avenir, ayant pris des mesures pour cet effet.

ERRATA.

Page première de la préface, lig. 5 *aurais-je du* lisez *dû*, & de même partout où cette faute se rencontre.

Ibid. l. 12. *proneurs*, l. *Prôneurs*.

p. 6. l. 19. *l'Egoïsme* l. *l'Egoïsme*.

p. 7. l. 8. *genie* l. *genie*.

Ibid. l. 9. *perir* l. *périr*

Ibid. l. 21. *foibles* l. *faibles*, & partout de même.

p. 8. l. 11. *tout ce que fais*, l. *ce que je fais*.

Ibid. l. 24. *fémillans*, l. *fémillans*, & partout de même.

Ibid. l. 25. *repetés* l. *répétés*.

Acteurs. M. B. *négociant Hollandois* l. *Hollandais*, & partout de même.

p. 12. l. 17. *le chant du cocq* l. *coq*.

) o (

www.ingramcontent.com/pod-product-compliance
Lightning Source LLC
Chambersburg PA
CBHW051137260626
47170CB00005B/1860